散文集

XIN YOU MINGYUE

心有明月

曾宪红 —— 著

 中国出版集团

现代出版社

图书在版编目（CIP）数据

心有明月/曾宪红著. --北京：现代出版社，2016.4
ISBN 978-7-5143-4814-9

Ⅰ．①心… Ⅱ．①曾… Ⅲ．①散文集－中国－当代
Ⅳ．①I267

中国版本图书馆CIP数据核字（2016）第070087号

心有明月

作　　者	曾宪红	
责任编辑	李　鹏　陈世忠	
出版发行	现代出版社	
地　　址	北京市安定门外安华里504号	
邮政编码	100011	
电　　话	010-64267325　010-64245264（兼传真）	
网　　址	www.1980xd.com	
电子邮箱	xiandai@vip.sina.com	
印　　刷	北京一鑫印务有限责任公司	
开　　本	787×1092　1/16	
印　　张	14	
版　　次	2016年4月第1版　2022年7月第2次印刷	
书　　号	ISBN 978-7-5143-4814-9	
定　　价	49.80元	

做一个内心富足的人

人过四十而不惑，应该说人情练达，世事洞明，可我总是改不了年少时的木讷、愚顽与执拗，在"长矜争之心，恣喧嚣之慢"的人堆里，总显得那么不合时宜。因此，这一路走来，我一边养家糊口工作，一边爱着琴棋书画和读书写作之事，倒也心境清净，乐在其中。散文集《心有明月》所选的文字，大都是近些年来创作发表于全国各类报纸杂志的部分散文作品。

我出生在农村一个贫穷的家庭，可在我的内心，从来没有因为贫穷而抱怨、消极，反而觉得它是一笔宝贵的财富。我总是这样想：你担的责，忍的痛，到最后都会变成火，变成光，照亮和温暖你的路。

年少无知时，总觉得生命的芳华是用来挥霍的，可以无限透支；风景沿途都是，可以随意辜负。却不想，中年蓦然惊觉，想再回头寻觅失落的东西，却无处可买到那张返程车票了。这才让我懊悔，这一路遗失了多少美好的时光和多少值得珍惜的人和事。在如草木一秋的人生中，惊煞不见了彼时的葱绿，阳光或者风雨都将无可逆转地与我擦肩而过，纵有不甘，终成逝水流年。

所以，中年的我更加懂得珍惜。无论怎样风萧水寒，我的心灵总有取暖的地方。回想起曾经走过的岁月，所遇见的人，做过的事，以及生命中那一段段难以忘怀的历程，总有温暖漫上心头。在时间的明镜前，我悄然阅读自己，曾经光泽的脸颊爬满细小的苍痕，满头的黑发不知何时钻出几根银丝，让我惶惑与忧伤。于是懂得了身体的健康、家庭的温馨和世间的真情是多么重要，痛苦和快乐都只不过是烟花一瞬。懂得了青春里玉树临风的背后，是被岁月啃噬的坑坑洼洼和斑斑点点，人生最大的幸福，不是锦衣玉食，而是内心充盈。我常常告诫自己：活着需要的就是一种平衡的心态，要能够接受所有的不公平。别去羡慕他人的名利、财富、地位，或许他人还羡慕你的才华、幸福、健康呢！世态往往一分为二，事物常常平分秋色。人一生，无所谓大喜，也无所谓大悲。

　　因此，对于我来说，能写一点至情至性的文字，过一种内心富足的生活，做一个温暖善良的"小人"，此生，足矣。

　　是为序。

2016年1月18日于汉寿

心有明月
XIN YOU MINGYUE

目录

○ 第三辑　心有微澜 ··

○ 第四辑　朋友序跋 ··

第一辑

爱的潮汐

XIN YOU MINGYUE
DIYI JI
AI DE CHAOXI

母亲的金耳环

　　戊子年农历八月十三日是母亲七十寿辰。我们兄弟姊妹早商量好了，要为母亲做寿。十二日下午我就请假和爱人回了老家，哥哥、弟弟、姐姐因工作关系要到第二天才能赶回老家来。

　　我和爱人忙了多半天，吃过晚饭后就陪着父母坐在客厅里看电视和闲聊。娘关心我的学习，故意问我的毛笔字练得像不像蚕豆和茄子了（不识字的娘评判我字好坏的标准就是"点"要写得像蚕豆，"捺"要写得像茄子）。为了让娘开心，我也故意说："差不多了哩！哪天写得完全像了，挑一担蚕豆和茄子给您炒了吃！"娘就哈哈大笑。

　　我们送给母亲的生日礼物是一对金耳环。

　　爱人将金耳环递给母亲的时候，母亲显得很高兴，却又很不安。说："那要多少钱啊？你们的工资又不高，孩子又在上学，说了不要买！"我就连忙说："您老的七十大寿，再贵也要买呢！"娘就开心，满脸堆着笑容，不停地用她那枯树枝一样的手抚摸盒子。然后慢慢地将耳朵上几乎变黑了的银耳环取下来，准备换上这副金耳环。

我仔细地观察起母亲，她多像个孩子，脸上充溢着幸福——就像儿时母亲去镇上回来，塞给我一个饼让我感到幸福一样；就像儿时母亲挑了百多斤谷子放在禾场上，来不及叹息一声就将一根绿豆冰棒递给我时令我幸福一样；就像儿时逢年过节里我穿着母亲缝补的衣裳和千层底布鞋，在院子里疯跑时让我感到幸福一样——很多年了，儿时的这些快乐与幸福一直伴随在我的生命里。也正因为如此，只有我才能够真正体味到母亲拿着这对金耳环时快乐和幸福所饱含的全部内涵。

母亲拿着金耳环，一会儿看我爸，一会儿望我和爱人，炫耀和满足写在脸上。我怔怔地看着她，拼命地抽烟镇定情绪，唯恐眼眶里的泪水落了下来。我当时心里怪怪的，竟不知道怎么冒出了这样一个念头：我弱小的母亲她是怎么活到了古稀之年的啊！那些年月，父亲一直在县城工作，每月工资微薄，要养活我们兄弟姐妹四人和一个常年瘫痪在床上的奶奶是何等艰难。我们年小，不能帮母亲减轻负担不说，还经常惹母亲生气。母亲为了养家糊口，除了做着与村上男劳力同样的活儿外，打米、挑水、买肥、榨油、种菜等活儿全由她一人承担，从二十岁嫁给我父亲开始一直艰辛劳作到晚年。母亲坚强的意志和不屈的品性一直影响着我的做人与处事，也正是我从懂事以来对天下女人保持尊重、敬爱和膜拜的缘由。

母亲端详了好一会儿金耳环后，也许不好意思叫我爱人给她戴上，就对父亲说："帮我穿进去一下嘎！"父亲耳闭，老半天才明白母亲的话，慌里慌张站起来："哈哈，我眼又不好，怎看得见穿哦！"就用眼睛望我爱人。我马上对爱人说："你起身嘎，帮恩娘去穿戴一下！"可她连摆手："我能戴早就给妈戴了，我怕穿疼她的耳朵呢！"母亲就笑着说："冇得用，我的耳朵又不是没孔，穿一下怕什么哟！"爱人望了我一下，对我说："要不，你给妈去戴一下？"

　　我哭笑不得。说实话，我也真怕呢。如果我不怕，我早抢着帮母亲戴去了。虽然将耳环穿过母亲耳孔事小，但于我不敢想象，总是联想到一根金属将扎过母亲的身体。这时，我埋怨起姐今天为什么不来，她不怕的，她能给母亲戴上啊。我怕影响母亲的心情，在没办法的情况下，站起身来对母亲说："恩娘，我来给您戴！"母亲高兴得合不拢嘴，没有说一句推辞的话——她竟然相信了她儿子有穿戴耳环的勇气与能耐呢！

　　我笨手笨脚地走到母亲跟前，一边拿着金耳环，一边嘴里哼哼唧唧——我在挨时间，我真不知道如何"下手"呢。与其说是给母亲穿戴耳环，不如说是拿着耳环在手上玩玩了。爱人就对我笑："给妈戴呀？不会是自己想给自己戴上吧？"这当口，母亲就对我说："儿不要怕，你放心戴！"她还告诉我，她的耳孔是做姑娘时，外婆在三月十五日"花朝"那天请了"香线人"到家为她穿孔的。我不懂什么是"香线人"，就问母亲，母亲说："就是一个靠为女儿家穿耳孔为生计的老妈妈，拿着穿有香线的大针在灯盏上烧红消毒，'扑哧'一下穿过耳垂后，再用那香线缠在耳朵上，耳朵上的孔就保存了下来；要是香线烂了或掉了，就用一段茶梗插在耳孔上，不然耳孔又会长闭呢！"我一时恍惚起来，我想：在那年月，除非极少数殷实户人家的女儿能穿金戴银外，又有几个女儿家能戴上那既美丽又显赫的或金或银的耳环呢？在耳垂上打一个孔，无非是给那时的女人们打了一孔憧憬，能梦想到幸福与快乐的曙光罢了。她们那些人中间，或许空洞的耳孔将伴随其一生，美丽的梦想就如那小孔不能满足也不曾闭合吧？这么想来，我为母亲高兴，但同时又为那些两耳插着"香线"或茶梗的早已作古的女人们怀有深深的同情与遗憾——我算是真正理解了一只金耳环在一个女人眼里的那种光泽，那份荣耀，那股分量……

　　"快给妈戴啊，你的猪脑壳又在想什么？"爱人逗能地催促我。我一时才回过神来，对妈说："恩娘，你偏过头去，耳朵对着灯，俺给您戴了。"话说得轻巧，手却颤抖起来，生怕弄疼了母亲，我小心翼翼地靠近她，就像她一直以来靠近她的儿女一样。我仔细地端详起母亲来，我还真没这么近距离端详过母亲呢，我为有很多的机会靠近母亲却总是以种种理由让机会与我一次次擦肩而过而深深自责。我理开母亲耳边那秋草似的头发，触摸到了母亲那干茄一般的耳朵，让我见证到了岁月的凶残。我故意磨磨蹭蹭的，我这时担心的不是耳环穿不过去，而是担心耳环一下子就会被我穿了过去——那样会减少我注视和亲近母亲的时间。在我触摸到母亲的耳朵之后，我借口母亲的头发阻拦了我的手，我的手掌又从母亲耳朵的位置由后颈向脸前挪移，触及了母亲枯糙的脸。我发现，曾经年轻如青葱水桐树一样的母亲，她生命的水分被岁月一天天烤干，如今已是秋土里的一根麻秆了。我的壮实来源于母亲的枯萎，我的平安和快乐来源于母亲那守望的深深的寂寞。我感到了那苍凉的岁月之风从母亲耳垂小孔里"沙沙沙"地向我袭来，小孔在我眼里逐渐放大、放大，多半个世纪以来母亲所有对儿女的情感，都从那小孔里传过来、传过来，让我懂得了身为女人的不幸和身为男人的幸福。

我准确地将金耳环的尖头从母亲岁月里深深穿了过去，连同了我的歉意和我的祝福。泪水模糊了我的双眼……

2008 年 8 月 13 日

忆起孩提电影时

　　20世纪70年代末期，农村经济条件落后，精神享受就更不用提了。农民看一场电影都觉得是一件很奢侈、很幸福的事情。正因为如此，儿时看电影时的情景一直留存在我的记忆深处。

　　我们那时真可谓"眼尖耳灵"：以本村为圆心，向周围二十公里画圆，所圈之村哪里有电影看，我们都能够及时打听得到，也不管山高路远都一个劲儿地赶去。如果是本村放电影，我们就会早早地奔向村部，在村部院子里玩耍，等待着电影开始。

　　夜幕降临的时候，一张大大的幕布或扯在村部的两根大柱中间，或挂在东侧那歪脖子梧桐树上。这块白色的幕布，让远方奔来的人们心旌摇荡。一张四四方方的农户饭桌立在院子的中央，放映员将放映机搁在上面后，就将一台笨重的发电机向村部后面抬去。真奇怪：发动时不用摇把摇，却用一根拇指粗的麻绳，挽在发电机的轮槽里，人蹲着马步，右手向后猛一拉，运气好的时候一拉就响，运气不好的时候拉十次八次也难发动。这时我就特爱逞能："叔！

我来！"放映员也许累了，任我摆弄机器，抽着烟在旁边望着。可能是运气好吧，发电机被我拉响了，放映员就连声夸奖："真有用，以后给你找个乌鸦做媳妇儿！"我们孩子们只知道乌鸦，却不知媳妇是何物，只做傻傻地笑。

一会儿，放映员忙着调试放映机或用手倒转电影胶带（前一次放过的电影胶片要重新倒转过来，俗称"倒片"）。这时天色已暗沉，夜空里冒出了星子，一盏大灯将院子四周照得通亮。四野望去，密密麻麻的光团朝村部涌动，那是大人们打着手电、点着火把或捧着灯盏来看电影了。院子里叫喊声不断："妹儿！这里这里！""奶奶！过来过来！"——抢了个好位置的人各自叫喊着自己的亲人。人多了，院子里站不下，那树上、那稻草堆上、那幕布反面的土堆上和山丘上，到处有或蹲或站或坐的看电影的人。

放映员将柱头一般大小的光柱朝幕布打过去，一下两下打不中，光柱射到墙上、田野或天空里去了。"嗬！歪了歪了！""莫急，会正会正！"人群里一阵喧哗。这时，有个举着板凳的老汉经过光柱时，板凳的影子投在幕布上呈奇形怪状，认识老汉的人就开玩笑："根子爷老了，没力气上儿媳妇床了，提着板凳搭脚上去哩！"根子爷就笑骂："缺德！老子这把年纪了，还开老子的玩笑！"有伢儿或年轻人故意站在板凳上朝光柱伸手和摇头——"嗬！猪爪！""哇！狗头！"人群中又是一阵笑骂。这种未开始放电影之前的时光是极有味道的，乡亲们把一年里难得看几回的电影，当成了快乐的聚会和闲拉家常的好时机。父辈们相互谈论地里的庄稼，打听村上哪队有种猪或牛崽卖；母亲们就谈论些家长里短，打听谁家的儿女到了谈婚论嫁的年龄；哥姐辈们就尽量往院子后面站，说着悄悄话。如果哪个姑娘对哪小伙子有情有意，姑娘们就故意将她往小伙子跟前一推，小伙子怕姑娘摔倒，善意地用手去扶、去抱。一场电影，说不定成交一趟买卖，诞生一个媒婆，串联一桩姻缘呢！

乡亲们看电影时规矩得很。只要电影一开始，整个院子安静极了，电影画面无声的时候，就能听见蚊虫在光柱上飞来飞去的声音和放映机"嗤嗤"的运转声。看到电影里关键的情节，当然会引发乡亲们小声的议论。譬如放《天仙配》之类的古装爱情戏，常有妇女或老人发出"啯啯"声："哦？槐树真的开口讲话了哩！""董永惨了！那银河咋过得去哦！"如果是放战争片，男人们就干着劲："惨了！解放军连长还不跑，会被日本鬼子砍死！""你说稀儿话！就是看连长的戏哩！连长死了还有戏吗？"……敌人一刀砍来，人群一律后仰；解放军奋起冲锋，人群一律前倾。脚站在院子里，心已跑到电影里去了，好像自己就是那电影里的人物。一小孩子骑在母亲肩上，尿湿了母亲一脖子，母亲目不斜视看着电影小声问旁边的大婶："天不会下雨吧？"一伯伯边看电影边卷"喇叭筒"烟，一七星瓢虫飞到烟纸上被卷了进去，伯伯大口大口地"咝咝"吸着。《一江春水向东流》里那素芬带来几根肉骨头给婆婆吃，全场一片"嗡嗡"的啜泣声。声音过后，有刚过门的媳妇搂着丈夫细声地说："你要是学那张忠良，我就用剪刀剪了你的……"丈夫小声地说："神经！这是演电影呢！再说，我想学坏，怕也遇不到上海的那些美女小姐啊！"媳妇觉得有理，就搂得丈夫更紧了。

散电影回家的路上也别有一番情趣。一晚上两部电影放下来已是凌晨了，月隐星稀，惠风和畅，四通八达的原野里人声鼎沸，密密麻麻的光团又向各自家的方向移动。人们一边谈论今天的电影，一边又打听下一次电影的时间——虽然下一次是什么时候还是一个未知数，但期待也是一种幸福。回家时我们小孩儿一般走在大人们的前面，如果遇到队伍里都没有照明的东西，我们就"搞鬼"了：故意向前一跳，对后面大人们说一声："有小沟！"后面的人也就跟着一跳；有时我们又故意说："旁边有水，踩黑色的草！"大人们一脚踩去，踩了一脚牛屎，就大骂我们"狗日的"，我们就闹得更欢了，一串串笑声在黑色的原野里荡漾开去……

夜色包裹着的是无边的兴奋和幸福的联想，夜空里充溢着的是快乐、和睦与友善。即使再晚，无论是大人还是小孩，都不觉得累。真的，还从没听说过因为一场电影而误了上学和农活的。

2006年11月3日

那腊月，那新年

时令进入"腊八"，我那童年的、藏在大山皱褶里的老家便充满了过年的味道。

如果是大雪纷飞的天气，母亲们就趿着木屐你家来我家往地围坐在茶籽壳燃起的火塘边，一边喝着芝麻绿豆茶，一边相互询问什么时候煮腊八豆、拍甜酒和打扫"扬尘"之类的话题；父亲们就穿了长长的靴子，或带着狗上山去捉野兔、山鸡，或到镇上去买些便宜的干笋、木耳、红枣；我们小孩子就踩了高跷，一边吃着那屋檐上结着的冰凌，一边说："过年只有十几天了！""怎么还有十几天啊？"——期待着新年的到来。若是晴天，家家户户都忙着浆洗衣服和被子。清亮亮的雪水在小溪里流淌，村子里人声喧哗。那元旦刚过门不久的新媳妇，一双藕样白嫩的腿杆子将脚盆里的衣被踩得泡沫飞溅，勾直了村里多少年轻后生的眼睛。门前的田野里到处用竹盆、席子晒了白花花的萝卜、小鱼或切得如丝线般的"米皮子"，五颜六色的衣被挂满了院子，袅袅升起的炊烟就带着腊月的香味弥漫开来，整个村庄沉浸在浓浓的温馨和吉祥里。

年前的腊月，我们孩子们一改往日疯野的习性，不用爸妈吩咐都自觉地找着事干，早早将一屋柴火塞得满满的，将一栏猪菜堆得高高的，为的是过年时能痛痛快快玩几天。过年前的一个星期，我们坐在白花花的太阳里，用雪水将衣和鞋洗得干干净净晒干后放在箱子里，等到过年时再穿，虽不是新衣新鞋，穿在身上倒也觉得漂漂亮亮。有一年，我将脚上唯一的一双鞋洗了，再没有鞋可换，就用稻草将脚板裹了，再用一块布片缠着，一直走到大年三十哩！

　　"过个大年，忙乱半年"，那忙碌本身也是一种快乐和幸福。你看，二十四过小年，那年月虽做不出几样好菜，但能干的母亲将平时积攒起来的小鱼、干蘑菇、鸡蛋做好后端上桌来，同样馨香了整个童年；"打七不打八"——腊月二十七家家打豆腐，一家人忙着烧开水，捻石膏，挤豆渣，将清寒的日子鼓捣得热气腾腾；就连腊月里我们戴了斗笠，用一根绑把的扫帚清扫每个房间的"扬尘"，累得腰酸背痛也感到快乐和幸福；"二十九，煮猪头"，那猪头鼻孔插了根猪尾，寓意着日子"有头有尾"哩！灶上那口大锅里蒸了大年三十的一甑米饭，那米饭将甑盖顶开、冒出了甑子的边缘，寓意着"圆圆满满"，另一口小锅里就忙着准备大年三十的菜肴。母亲那时候是美丽的，红扑扑的脸上洋溢着苦日子的甜蜜，一边忙活，一边和我们说笑，一家子其乐融融。一只鸡、一钵猪头肉、一碗腊鱼就是大年三十的主菜了。也许因为太贫穷的缘故吧，我们家有一条不成文的规矩：腊月二十九的这些好肉好鱼只准看不准动。有一年我却违规了一次：尖起大拇指和食指在锅里夹了一块黄澄澄的腊肉给奶奶吃，奶奶推辞，母亲就说："您老就吃了吧！难得您孙儿一片孝心。"奶奶吃的时候，我躲进自己的房间里拼命地吮吸两根手指头，直到手指头被吮吸得酸痛了才回到厨房去呢。

　　大年三十这天，兄弟姐妹将猪头端到堂屋大方桌上，取一只萝卜插上香蜡点燃后放一小挂鞭炮——算是祭了财神；再将香蜡移到灶上去，另盛一杯米饭放在灶上——算是祭了灶神。忙完这些后，每人拿一叠红纸片，给屋前屋后的桃树、梨树贴上，那些深褐色的树干上因点缀了一抹新红，好像感受到了过年的气氛，整个院子一下子春意盎然。我们连谷仓、猪栏上都贴上了红红的纸片，祈求来年五谷丰登、六畜兴旺。"千门万户曈曈日，总把新桃换旧符"——父亲将自己书写的春联贴在每一副门框上，整个院子都被映照得红红亮亮，过年的味道就那么的浓烈和真实了。

老家团年的习惯在上午十点左右，村子里鞭炮声此起彼伏。祭了先人后，一家人围着一张大大的圆桌就吃团年饭了。团年饭后大人就给孩子们发压岁钱，好让孩子们去玩。压岁钱除哥哥一元外，我们三姊妹每人五角。我那时好傻呢，总觉得姐姐的票子比我的大，就拿来放在案板上比画，爸爸摸着我的头说："傻儿！都是五角，哪会有大有小呢？"姐姐倒"大方"，竟主动跟我换了呢！我们拿了压岁钱就去小镇上玩。玩什么，其实我们也不知道，只知道心里有说不出的快乐和激动，像发了疯似的从小镇东头跑到西头，又从西头跑到东头。小镇虽小，但在我们乡下伢儿眼里是那么的阔大和新奇，欣赏也是一种满足和快乐。特别令我们孩子感兴趣的是那票价一元的电影，我和弟弟总是推举哥哥或姐姐买了票进电影院去看，看后再讲给我们听。有多少次过年，我将耳朵贴在电影院围墙缝隙间，听那电影里的声音，想象着电影的画面，还真是"看"了不少电影呢！回家时我们都要用一角钱买个大红的气球回去挂在门楣上，再用剩余的钱买零食吃。那年我买了三个鸭梨，头一次吃那东西，那脆、那甜，险些让我晕了过去。待我吃第二个的时候，我停止了手，只是紧紧地攥着梨，回家后，给了奶奶一个，爸爸和妈妈共一个。那鸭梨从我衣袋里拿出来的时候，滚烫滚烫的，都几乎被我捂熟了哩！

大年初一天刚亮，哥哥将三十晚上放在院门口外面的一捆柴背进屋来，一边背一边喊："送财（柴）啰！送财（柴）啰！"爸妈就高兴得合不拢嘴。我们随便扒几口饭后就给村里大人去拜年了。老家拜年俗称"跑年"——手上不提东西，只把各自的祝福带给人家。乡亲们要的就是那温暖和友善的味道，那酝酿了一年的真心问候，将平日里的是是非非荡涤得无影无踪。村里小路上人流如织，因路窄人多的缘故，碰面时一方要停下来站在路边处，等年老或年小的人先过去，理解和谦让写在每一个人的脸上。我们小孩子拜年进门就喊："拜年拜年，糖果拿来。"一村走下来，两个衣袋胀得鼓鼓的。那王家的韩婆婆因太穷拿不出糖果，就摸着我们的头说："一个、两个、三个……共十一个人，好哩！先记着，明年补哩！"我们也高兴地给她作揖。小孩拜年是冲着糖果的甜而去的，但又不仅仅是因为糖果的甜才去拜年；物资匮乏精神丰富的童年，拜年本身包含了太多的甜蜜。

初六开始，我们这些乡里伢儿便失去了"自由"，都得脱下"新衣"，换上旧装，平常干什么就去干什么，但这丝毫不会影响我们的快乐——只要树干上那些红色的纸片还在，门楣上红红的气球还挂着，那腊月、那新年的幸福依然充溢在我们的内心。

2007 年 12 月 14 日

第一辑
爱的潮汐

遥远的信笺

现在的人比起我们20世纪60年代出生人是有福多了。现代化的推进，事物从复杂变得简捷高效。譬如说和远方的朋友交流吧：在路上或在杯斛交错中，用手机打个电话或发个简短的问候就万事大吉；逢年过节，给朋友祝福，打开电脑轻点鼠标就能在网上快速定制或复制电子贺卡，大抵不会如我们以前那样买笔买纸一个字一个字写信，然后到邮局买邮票买信封和投寄了。

其实，这让我常生迷惑。情感，居然发展到了能定制和复制的年代！我真不知道情感的本身是否还有情感可言？小溪流淌的目标是大海，但怎能少得了流淌过程中的轻松与愉快？花朵开放的结果是灿烂，但怎能摒弃发芽、含苞、吐蕾的过程？如今纸质的传情方式如皇宫里的老妃被打入冷宫，渐渐淡出了人们的视线，朋友之间的交流与祝福依靠了手机和电脑，逐渐染上了铁的味道……如今，还有几人能坐在窗前，把满胸的知心话儿写在纸上，遥寄给天各一方的朋友去分享？那散发着幽幽墨香、饱含深情祝福的信笺是那样遥远和一去不复返了。

这让我怀念起用笔书写信笺的年代……

20世纪60年代或70年代出生的人，大抵都对写信情有独钟和记忆犹新，即便是现在，我仍然保持着用钢笔书写信笺的习惯。我从小就是一个认真的人，把每一封写给朋友的信都看得慎重和庄重，哪怕是选择纸质也极为讲究。我不喜欢那种粗糙、暗淡的色彩，总是选择一些光滑、素雅且纸下角印有漂亮图案的纸质。80年代初期，有一种芳香型信纸，很贵，一刀纸五元钱。我为了买到它，在学校连续十天不吃午餐省下钱后终于买下，激动的心情就如同漂亮的女生给了我一个梨呢。我为什么对信纸讲究好像也说不出原因，只是心里觉得只有如此才得以承载我对朋友的那份情感。望着桌上漂亮的信纸，又何尝不是望着朋友的容颜，好像他们就在我跟前。在写信时我也有个习惯：我一定要用那支书写流利的"英雄"牌钢笔且饱吸墨水，生怕给朋友写信时因书写不畅而影响心情，正如和朋友促膝谈心被人或事打扰一样——我不愿在和朋友交流的时候有吞吞吐吐的感觉。我写信时是极不爱寻章摘句或咬文嚼字的，也不作任何修饰，即使偶尔出现错别字或啰唆语句也绝不删改，就让它水到渠成，这种习惯一直延续至今。因为在我看来，与朋友倾吐就是原本地表达自己真实的内心世界，让对方一览无余地进入你的内心、感觉你真真实实存在他的生活里。朋友间在乎的就是真实、真挚和流水般的自然。

写信就如和朋友谈话，既满足又快感。如果你是在春天的夜里写信，万籁俱寂，静谧得能听见竹山上笋子脱壳和拔节的声音，屋旁的小溪在夜色里哗哗地流淌，各种花儿的馨香从窗格里弥漫进来，与朋友曾经在春天发生的一幕幕快乐的往事就涌现在脑海；如果是夏天的夜晚，你坐在窗前写信，田野里蛙声阵阵，油蛉虫"唑儿唑儿"地唱着，村道上乘凉的人们舞动扇子的声音不时地传来，你会感觉朋友就在你身边或正在外面乘凉；要是在秋天呢，弯月如香蕉满月如玉盘挂在你窗前，那种柔和的、清澈的光辉让你感受到了朋友的目光。

随风摇曳的竹子把月光筛得一地碎银，斑斑驳驳如满胸的思念，在这样静静的秋夜里向朋友诉说情怀，不是人生里最幸福的事情吗？如果是在冬天给朋友写信，一个烘笼踏在脚下，窗外是"沙沙沙"漫天飞舞的雪花，如朋友之间铺天盖地的情谊，让你想起"风雪夜归人"——朋友仿佛驾着一瓣雪花从天而降来到你窗前呢！此时，你如雪花般扬扬洒洒的文字就堆叠在了你素雅的信纸上，相思之情就填满了每一个格子，你会感觉漫长而寒冷的冬夜也是那么的短暂和温暖……

千万不要误以为一封简短的信笺就那么简单，不是的。写信的过程就是思念朋友的过程。曾经与朋友相处的点点滴滴都在写信的时空里聚集，很多难以忘怀的镜头都在这一时空定格为永恒。写好后重温一遍或两遍，就如重温朋友的对话，令人有微醉的感觉。写好后把信纸折叠成小船或树叶形状，万种思念之情都被叠在了纸与纸对接的缝隙中。每次，我把信放入信封缄口时，总感觉信封太小太小，想说的太多太多，小小的信封承载不了我对朋友的相思与牵挂。

寄信的过程又是别有一番滋味在心头。少年时代的我，邮局门窗那墨绿的色彩总让我莫名地心旌摇荡，那风里雨里寂寞地立在小镇某一路口的绿色邮箱，又让我生出太多的陶醉和感动，我总把它当成传递我炽热情感的富有生命力的绿色使者。每当我将信笺投入到邮箱的一刹那，总是呼吸急骤，手有微颤，信投进去后总要轻敲几下邮箱，唯恐信笺没掉下去，就如一叶扁舟因潮汐的原因被搁浅在沙滩不能如期抵达。有多少次寄信后，总要立在那绿色的邮筒前发一阵子呆，恨不得钻进那邮筒连同我的信笺一同被寄了去。

等待朋友的回信就如等待佳人的归期，心情一如海潮般波澜起伏，从投寄的第一天起，就望穿秋水计算着朋友的来信。等待既漫长又快乐，很多的牵挂和注视又在等待间重新滋生和蔓延。老不见朋友来信，会让人若有所失：朋友收到了信吗？信笺没送错地址吧？朋友出差了还是生病了或者已经离开了那个地方那个小屋……在思念与等待中，朋友即使天涯海角，也被我思念的线儿紧紧相连，就如远走高飞的风筝一样，总有一端被牵扯着，无论对方是飞翔还是跌落都会触动到我的神经，朋友就永远留在了我的视线和梦里。

我怀念那用笔书写思念的年代，那如纸般纯净洁白的年代，那为朋友朝思暮想和牵肠挂肚的年代。纵然岁月会如水般流逝，但那不染尘埃的情感，终会在记忆发黄的纸页上留有痕迹。

2006 年 9 月 19 日

雪事

　　她的头上长有癞子，左脸上有一块因事故而留存下来的大疤痕。无论是班上的男同学还是女同学甚至班主任老师，都不爱和她说话，她也不爱和别人说话。因此她总是一个人待在教室某个角落或者学校门口那如伞的树下，独自玩着手上的什么东西。到底玩的什么东西，谁也不知道，也没有人去理会她。

　　我那年十五岁，是拿大碗吃饭的年龄，可大碗总是没有装满过，很饿。我当时的崇高理想就是哪一天能够真正吃上一餐饱饭。她家的条件应该是很好的，从她经常换穿一些好看的衣服和书包里那个夹层的、按下按键就能自动打开的文具盒大抵就可以想见。也许觉得我一副老实的憨相，也许看出了我并不像其他同学瞧不起她，也许确实同情我的饿，她总是每天从家里带几个发粑粑或者一两个烤包谷什么的偷偷地放在我的课桌抽屉里，不告诉我，也从不问我喜不喜欢，就这样从春天一直到冬天。

　　那么多日子，我也没有对她说一声感谢的话，虽然我想说，我怕同学们笑话我和一个别人都不喜欢的女同学亲近。

那年冬天，夜里下了雪，很大。我到学校的时候，一个同学的影子也没有。教室课桌覆盖了厚厚的一层雪（雪从破损的瓦缝间和无玻璃的窗子里飘进来的），像一块块白白的发糕，映得整个教室通亮。我站了足足十来分钟，我至今也搞不清楚我当时为什么会这样——她的课桌靠北边那个窗户，可以说是班上最差的一个位置，覆盖的雪要比我们桌上的厚实得多。洁白的雪给了我当时最洁白的心愿，我走到她的课桌边，将她桌上的积雪掀到了窗户外面，再用我的书包将余雪扫掉，又用我的衣袖将她的课桌拭净，然后再收拾我的课桌。

那次雪足足下了十一天，不知怎么，每一天我都提醒自己要最早到学校。十一天来，她也没想想她的课桌是怎么干净的？她想过吗？也没有问过我一声，连对我说一声感谢的话也没有，就如同我从来没有对她说一声感谢的话一样。

第十一天的下午，雪停了。夜里，我从窗前望出去，屋后高坡上那密密的竹子缝隙间，闪烁着晶亮亮的星星，最大的那一颗特别明亮，我分明感觉到像她的眼睛！第二天，明知道教室不会再有雪飘进来，可鬼使神差地我仍旧早早地到了学校。当我看到因为没有雪的覆盖而干干净净的课桌时，不知怎么，我有一种失望和失控的感觉。

也许，我对雪产生了一种迷恋和依靠，也许是雪让我知道了什么是感动，什么是凝固与消融……

以后，在每一个晴朗的日子，我就祈求老天下雪。盼望下雪，成了我那个年代里最大的心愿。

2006年10月7日

老屋

一

　　在我的内心深处，老屋的模样总是被深深地珍藏：斑驳锈蚀的墙面，长满绿苔的屋顶，简易瘦小的窗格，还有那一盏如豆似的煤油灯。老屋的那些时光，天是蓝的，云是白的，水是清的，树是绿的，人是亲的。从村中走过，春有草，夏有花，秋有果，冬有雪，眼里都是鲜亮亮的。我的老屋，冬天结满冰凌，夏天蓄满鸟鸣，春天燕子翻飞，秋天枫叶满院。多少次梦里，老屋的炊烟袅袅升起，柴火饭的香味扑鼻而来，妈妈坐在小木凳上绩麻，奶奶在厨房里生火做饭。远处蔚蓝天空下，田野涌动着金色的稻浪，微风送来收获的香甜……

二

　　老屋是四缝三间小木屋，就像一个老人，长年累月被风雨默默侵蚀，那壁，那檐，那檩甚至那梁柱，都结上了一层深绿的青苔。老屋对于经历过的沧桑习惯了，麻木了，没有了叹息，只在风雨里静默着，聆听山外的火车、汽车的鸣笛声，感受着外面的新奇与繁华。

春天伊始，老屋院子的墙角还有除夕夜燃放的炮竹碎屑在堆积着，东厢房旁那株如伞的枇杷开出了白色的花朵，与院子里那丛蓬蓬勃勃的栀子花交相辉映。那些乌桕树、橘树和椿树都开始结了嫩芽儿，有蝴蝶和蜜蜂在上面飞来飞去；那些在冬天里出生的鸭们鹅们优雅地张开新长的翅膀一头扎进了池塘；鸡们狗们在院子里嬉戏；燕子南飞在屋檐下筑巢……柴门虚掩，有乡亲进进出出，或借农具，或干脆坐下来喝母亲泡的清明茶，一个大方桌放在院子的中央，围上七八个男男女女老老少少。母亲这个时候就将早已准备好的鱼味粑粑、打白糖、辣椒萝卜等"摆食"端了上来。外面小路上、田野里有脚步匆匆忙于农事的人，一个个脸上都呈现出花朵般的颜色。那些冬眠了一季的农具被父辈们请了出来，在院子里排列亮相，接受春天阳光的检阅。这时候，孩子们要么在大人们身边钻来钻去，要么拿了五颜六色的风筝满田野里疯跑去了。老太太们早已丢掉了手里的烘笼，或为一家子做着春笋炖腊肉，或全神贯注对付一窝待孵的小鸡，发现有"寡鸡蛋"，就用黄草纸包了放在火灶里烧好后给伢儿们吃，大补得很。老爷爷们这个时候最惹人注目，他们虽然年老体弱不能下田劳作，但是曾经的辉煌是不能不在儿孙面前表现一番的，在那春意盎然的院子里指手画脚，叮嘱他们的儿孙怎么侍候农事。嘴里念着"懵懵懂懂，惊蛰浸种""清明前后，种瓜点豆""雨打清明节，干到夏至节""雷打立春节，惊蛰雨不歇"等陈芝麻烂谷子的农谚。这些唠叨，儿孙们哪里会用心听，或抽着纸烟或摆弄农具，嘴里"哦哦"地应付着，或干脆跑向了那无边无际的田野。

三

儿时，老屋给了我太多的欢喜和忧愁。我们兄弟姐妹在老家的院子里总有玩不尽的事情。春天里豌豆渐熟未熟、青葱碧玉，里面的豆子既饱满又水嫩。我总是在地里生吃一些后，再摘一些拿回家来烤熟了吃。不知道是因为那时候没有什么好东西可吃，还是一大家子其乐融融的缘故，反正那时候的豌豆就是格外的香。烧好后的豌豆首先给奶奶送去几颗，再送给爸爸妈妈吃，我看见他们吃得香甜，心里就格外高兴和激动，然后再喊兄弟姐妹一起围着吃，满院子都弥漫着春天豌豆的清香。

老屋后面的竹山上冒出了很多笋子，兄弟姐妹齐心协力拿了铁锹去挖笋。那时候一年难得吃上一餐肉，但是笋子放了韭菜清炒或放了腌菜炖汤也算是美味佳肴。一个从爷爷手上传下来的大圆桌，围坐着奶奶、爸爸、妈妈、哥哥、弟弟、姐姐和我——那是我一直以来吃到的最好味道的饭菜。

最有趣的还是在晚上：一盏煤油灯放在旧式的书桌上，四颗脑袋就凑在了一起。有时因为谁谁遮挡谁谁的亮光而大动干戈，有时因为谁谁出气的鼻息将灯火吹得摇来晃去影响了亮度而争执不已，整个房间少有安静，多是大闹天宫。那时家里总共才一盏煤油灯，我们大多是要等爸爸妈妈的家务事忙完后才能做作业，如果是奶奶有什么诸如上厕所之类的事情，我们就得停了作业将灯盏送去。这个时候的房间安静、漆黑极了，这也是最容易爆发"战争"的时机。记得有一次，弟弟给奶奶送灯盏去了，我和哥哥、姐姐三个人坐着，我一没乱说话，二没动手动脚，哥对我不满了："你出气的声音一点都不好听，像牛鼻子哼哧哼哧的。"我当时就想，出气又不是背课文也不是唱歌，有什么好听不好听的，就反驳道："你的出气声也不好听，像家里的黑狗在六月天呼啦呼啦的。"哥恼了，我感觉黑暗中有巴掌扇过来，我机灵得很，就朝旁边一躲，那一巴掌打在了姐姐的身上，我笑得要命，找了个地方藏了起来。老家虽然是那样贫穷，但是家的味道很浓，很深远，无论什么时候想起来，都感觉特别的温暖。

四

老屋建于20世纪40年代初，是爷爷手上修建的，算起来也上百年了。最先是在村水库堤北面，就是现在母亲经营菜园的地方；50年代中期搬到了水库堤南面，原先的两棵香樟树也随之移植过来，如今树干粗壮，枝叶亭亭如盖；60年代后期，父亲考虑到地势低洼，梅雨季节总有水漫进屋来，又向上挪至三十几米高处，就是现在老屋的地方。老屋屋顶椽子大多损了，木柱有倾颓的倾向，后墙因了长年累月的风雨侵袭已是满壁斑驳，老屋老得筋骨都快松散了。父亲在世的时候修葺过多次，虽几经改建，但仍然保留了原有的面貌：四缝三间正屋，正屋两旁各搭建了两间侧房，呈"凹"字形状。黄昏里，细雨斜飘，远树凝寂，山色如墨，老屋低眉不语。倒是后院开阔得很，有郁郁葱葱的树木、竹子和菜园。树木枝条恣意地伸展，几株芙蓉轻轻地绽放，梧桐树遒劲的枝干像一把张开的大伞荫护着屋后的院落。

老屋带给我的印象是喧闹多于孤独。父亲母亲一生养育了我们五个子女，第一个因病夭折，剩下哥哥、姐姐、我和弟弟。生弟弟的时候我两岁多吧，好像还能感觉到那时的热闹：家里煮了一大桶鸡蛋，将每个鸡蛋涂上红色，再在刚生下来的弟弟屁股上滚动一下后拿给乡亲们吃，老家的风俗为"滚屁股蛋"——大人小孩吃了都健康长寿。然后是在院子里摆上四五桌菜肴，全村人喝得昏天黑地，不醉不归。

还有热闹的事情便是拜年了：大年初一开始，就有络绎不绝的亲戚来家拜年。那时候拜年不像如今放下礼物寒暄几句就算完事，那时虽然物质条件远不如现在，但拜年显得尤为敬重与真挚，主人则一定要留亲戚住下，整个正月都忙乎于喜滋滋的拜年中。为了解决夜宿问题，家中所有的床和门板都派上了用场，如果还不够，主人就领着亲戚去邻居"搭睡"。儿时的我最喜欢睡的还是地铺，觉得新奇和好玩，可以和孩儿们扎堆一起摔爬滚打，疯癫一气。到了第二天早上，大人们就会又恼又笑地述说谁家的孩子又尿床了，羞得尿床的人躲着不肯上桌吃饭。整个正月，母亲忙里忙外地应酬与张罗着，虽十分劳累，脸上却露出幸福的笑靥。

老屋院子里有父母搭起的瓜架，种下的葫瓜、丝瓜、苦瓜不出几天，触须就沿瓜架攀爬。院子的东侧有十亩荷塘，勤劳的母亲老早就在荷塘边种下了辣椒和韭菜。"春雨剪韭"，有时饭做好了来不及去准备菜，母亲就在荷塘边割来韭菜炒个蛋，用辣椒炒个豆豉。老屋院子不大，这些瓜果蔬菜能够落户小院，也算得上一份福气了，并且有院墙扶持，它们一个劲疯长，撑出阴凉帮鸡们和鸭们赶走苦夏。夏天的晚上，太阳刚刚落山，家家户户都把竹床、躺椅洗刷得干干净净，搬到我家屋旁的水库堤上，点燃"辣柳草"驱赶蚊子，大人轻轻地摇着蒲扇，讲着耳口相传的动人故事。星河灿灿，清风徐徐，孩子们听着小溪"哗哗"的流水声，看着萤火虫打着灯笼忽近忽远，不知不觉进入沉沉梦乡，醒来时却不知何时已身在家中。

我降生时就没见过爷爷，听村上人说，爷爷是响应国家号召修建湘黔铁路时去世的；我读高三那年的夏天奶奶也走了；四年前的寒冷的冬天父亲又离开了我们；如今的母亲也风烛残年——我是个触景生情的人，站在衰旧的老屋前，看着破烂不堪的墙壁，陈年的蜘蛛网在微风中悲壮地摇曳，仿佛看见了先辈的目光，甚是苍凉。蓦然回首，杂乱的草丛里，风萧声动，又仿佛听见我的先祖在喃喃细语，让我悲从中来。

五

一个人，无论走多远，无论在何方，只要有那座老屋在，就有他的回家路，就有他梦里落脚的地方。

少年时，我就发誓不离开老屋，要"日出而作，日落而息"，要在这生我养我的土地上娶妻、生子、兴家。但是我没有站成院里一棵树，却成了飞出屋檐的一只鸟；我没有循着血脉的方向举高老屋的身躯，却让他佝偻在故乡的风雨里。作为故乡拔出泥腿子成为城里人的我，有些时候真说不清，我是一枚悬挂在老屋胸前的金灿灿的勋章呢，还是沉甸甸的十字架？不知道我离开了老屋是该幸福呢还是该忧伤？我越走越热闹，老屋却越来越冷清。老屋最早出现在我的文字里，那是露珠的梦乡、星星的憩园、童话的摇篮，如今，这些都已经一去不复返。

很想去寻找老屋逝去的那些时光，在哪一寸泥土上我曾经摔倒过，哪一面坍圮的墙体拥有我儿时刻下的印记。尽管时间的风雨剥落了老屋的容颜，却剥落不尽曾经发生的一切。我那时并未料到，儿时在老屋上所刻下的每一笔印记和所摔过的每一个坑洼，都会在此刻让我的内心隐隐作痛。也许，不管我留恋也好，惋惜也罢，老屋终究在岁月中老去了。或许，一间老屋、一个朋友、一位亲人，都只能陪我们走过一段旅程，都只能为我们遮挡一阵风雨。无论一个人怎么跋涉茫茫人海，身披仆仆风尘，老屋，是人一生中最温暖的港湾。

六

那些幸福的旧时光远去了，就像多少次大年三十夜里燃放的璀璨烟花，尽管美丽温暖，却只是昙花一现。时间是一把刀，越是过去了的事物，越铭心刻骨。母亲告诉我，我出生的那天阳光普照，就给我起了个"红儿"的小名。时值九月，有满院子的果树飘香，有款款铺开来的落叶纷飞，有风送十里稻谷黄，有星空万里月儿明。如今，每当我走近老屋感受温暖的同时，也伴随一股孤寂之情。夜里在床上辗转反侧，拉开窗幔，月光便透过窗棂漫进屋内，听着屋外夜风吹打墙壁的沙沙声，我常常悄然起身，顺着泥巴小道往后院深处走去。一轮清月穿过叶子探了进来，瘦瘦的，它刚露出半张脸，一转身，又躲进薄薄的云层。我突然想起，儿时老屋的月亮似乎不是这样的。那时，我走到哪儿它就跟到哪儿。无数个夏夜，母亲把在外纳凉的我抱回房间睡觉，月亮也悄悄地从窗口跟进来轻抚我的脸。母亲就坐在床沿上，边给我打扇边哄我甜甜地入睡，她的声音像温婉的月光，洒满在我儿时的梦里。

"日夕凉风至，闻蝉但益悲"，潮湿的目光追寻着老屋的泥土、瓦块、土墙和缀满蛛网的大梁，思绪渐渐游离，奔赴遥远的时空。那割舍不断的纠葛，无以言表的隐痛，像剜去了半个心似的。一蹙眉，一抬手；一院树，一院夕阳——人生，好像就是一个转身，就把几十年的韶光丢在了旅途上，到如今，乌桕树没了，李树没了，桃树也没了，老人都相继离我而去。物是人非，多少韶华早已随一蓑烟雨湮没在无形的尘埃中了，内心虽有不甘，但在时间的河流前，那些美好的物事，只待成追忆。

2014 年 7 月 12 日

蠢儿记

　　如今的孩子都聪明。常听大人们说："某某孩儿才四岁，一口气能背唐诗百余首呢！""某某孩儿才六岁，口出一字考倒了老师呢！"电视里、舞台上常见缺齿孩儿口齿伶俐，六岁说话不逊十六岁，真令人叹为观止！这些天生尤物，我除了羡慕还是羡慕，羡慕之后就嫉妒起那些孩儿们的父母来——同是父母生出的孩子，有聪慧灵活似猴的，有迷糊混沌似猪的。譬如我儿子就属于后类，我常呼他蠢儿。

　　如今的孩子总将书包装得满满的，书的重量与人的重量总不成比例。蠢儿倒好，他很会心疼自己：书包里常常只放几本简简单单的书和一些玩具，常将"不重要"的课本丢在家里，上学轻松得如旅游一样。有时早晨上学去，俄顷便折转身来如强盗入室把门擂得山响——他忘了带书包啦！小孩子大都爱书如命，唯恐破损，将书包得漂漂亮亮；蠢儿却常背着我们，把书面、书底及书里的插图撕了，折些恐龙、机器人什么的，躲在房子里自娱自乐，用这个打那个、用那个战这个，嘴里念念有词，仿如口技。我知道后问他为啥要撕书本，他走过来拉着我的手说："爸不打我的屁股就讲。""不打。"我说。"就告诉你吧：这些纸纸硬，有颜色，又光滑，折啥像啥，还有不好玩的？"好似意犹未尽，竟问我："爸！一本书为啥只那么几张硬纸纸呢？要是……"见我怒目，自觉过分，做了个鬼脸赶紧溜了。

在床上睡着了，手里握着一条泥鳅是常有的事；一只青蛙从他书包里跳出来吓你一跳也没商量。

蠢儿虽蠢，但"歪理邪说"倒是他的强项。一日闲游，见路边一石碑刻有"请保护地埋光线"的字样。许是他不识"埋"字吧，竟将"埋"字读成了"理"字。我指出错误，他却脑壳一歪、双脚一跺，大声说："错个屁！老师说过：地上地下都叫'地理'的；'埋'字有啥好？只有死人了才说'埋'的！"——看他有理走遍天下的架势，我真是奈何不得。

一日请客，还有一两个客人未来，我便叫他写个便条托人催催（也想看看他的文字能力），写好后我一看，三句话有两句狗屁不通外，竟把"刻不容缓"写成了"客不容缓"。我生气了，大喝道："蠢儿！你看，这语句不通就算了，可这'刻'字你是学过的啊？"他也生气了，大喝道："蠢爸！错什么错？没见黄阿姨、张伯伯他们望着桌上的羊肉狗肉吞口水了吗？是这些客人不容许没来的客人缓慢啊！"——我本气恼着，听他一说，竟忍不住"扑哧"一声笑出来。

某日，检查其作业，顺便抽几成语考他，——"'一目了然'是什么意思？"他正玩着机器人，乜斜着眼睛对我说："一只眼睛看得清楚些呗！"我恼了，又问："'十万火急'是啥意思？"这下他摸着脑壳想了好久，怀疑似的问我："爸，有这成语吗？好像是'十万人急'吧？就是十万人在那里急，很急很急的意思。爸，你想：'火'怎么能急呢？你肯定是把'人'看成了'火'。"明明他自己粗心，还敢训我，"啪"——对着他屁股就是一巴掌。

他总是说他背书时记忆差，我就把我的"绝招"传授给他，说："蠢儿！背鸡想鸡，背鸭想鸭，一下就记住了！"他听了，呆呆地望着我，做诡谲地笑："爸，那你背到皇帝时就想成自己是皇帝，你都做了几朝皇帝了？爸真是了不起哟！"有次，他竟说："爸！那你背到杨贵妃就想成自己是杨贵妃，嘻嘻！她是女的哩，没有'鸡鸡'。"

如今孩子好学，各种补习班、速成班、特长班……班班兴旺，座无虚席。君不见，街头巷尾、晴天雨天常有两尺孩儿挎三尺二胡、吉他什么的，招摇过市、行色匆匆。我羡其学，想让蠢儿也镀镀金。见他平时吼我声大如雷，是个唱歌的料，遂让其进了音乐班。一晃三周过去，仍把"哆来咪"念成"123"，发现错了，掰着指头，咬牙切齿说："7是西、6是啦……"大汗淋漓，一副憨态，觉得吃亏，遂厌倦了。后又爱上了乒乓球，球倒是打得好，一日，一"小皇帝"久占其桌不让，是可忍孰不可忍，蠢儿将其头当成乒乓球，一拍下去，赔去我半月辛苦钱，他也再不去练什么鸟球了。几月后，受《神笔马良》影响吧，蠢儿遂萌画画之意。我高兴得不行，速送其入画班学习。某日，画一狗，呈先生看，先生说画的是猫、怎么看都像猫！蠢儿火了，红脸辩道："您比我爸眼还瞎哩！那狗身后不是还画了几粒屎吗？猫屎有这么大？"先生愕然，半日无语。这蠢儿看不惯先生，又死活不去学画画了，就在家里涂鸦，门上和墙壁上均挂满了他的"杰作"。

有天放学，我到学校接他不见其踪影，回家一看也不在，满城找遍，无望，后回家见其忙着打电话，又是蹦又是跳的："明明！快打开水龙头，有酸奶喝！"原来，他下午偷了他妈十元钱在超市买了三大包酸奶粉，放学后爬到供水厂的水塔上将其倒入……

一日上街，他神秘地对我说："爸！我们走'秘密通道'回家吧。"我好笑：县城就巴掌大，有甚"秘密通道"？怕是小人书看多了吧？遂跟其走——原来是一个废弃了的防空洞。待走至出口时，一猪圈拦其道，二十多只"天蓬元帅"的后代们在那里吵吵嚷嚷，屎尿漫过脚踝，这如何过得去！只见蠢儿跃上猪栏，伸出一脚在猪肚皮上挠几挠，那猪便躺下了，然后踩在其身上翻栏而过。他在出口处对我说："爸！过来吧，学我的样儿，你不咬它、它是不会咬你的。"我刚要骂他，他又补充说："那只大肚肚母猪不能踩哟！"没办法，我不能丢下他一个人回转，遂斯文扫地学着他的动作出得洞来。他高兴极了，笑着对我说："怎么样？爸，有味吗？"为了不使他扫兴，我强装笑容对他说："有味有味，蠢儿！你是怎么知道母猪不能踩呢？"他手一摆，头一昂，像个神气的公鸡："爸！你才是真正的蠢爸！你想：那时我在妈妈肚里，你要是踩在妈妈的肚上，我不被你踩死才怪呢！"——这蠢儿，竟将猪与人相提并论，但细想，似乎还蛮有几分道理呢。

一转眼，迷糊的蠢儿就上初中了，人也渐渐少了些混沌，多了些老成。有天我在练字，问他："爸的字如何？"他不阴不阳地说："怎么讲呢，爸的字的确写得好，不过，也就是因为太好了成不了书法家！"我问："怎讲？"答曰："你字再好，能超过王羲之？怕郑板桥也难超过吧？要我讲，你的字太差倒有可能成为书法家的！"我又问："为什么？"他耸耸肩，丢来一句："因为太差，你又是搞书法的，别人就不敢妄加批评，还认为你自创一家呢；皇帝光屁股不独独一小儿才指出吗？"我闻之愕然。

周末闲谈，我问他想不想作文在县《文艺报》上发表？他说："只有傻瓜才不想呢！"就说某某同学作文在那上面发表了，奖了十个作文本，好不威风！见他喜形于色，遂取他作文一篇，经我"妙笔"几改，不久就发表了，送给他看，想给他个惊喜。可他拿着文章左看右看，又是一脸憨相。良久，他对我说："爸！这是我写的吗？我的那篇作文呢？"我说："就是这篇呀！不是署有你'曾导'的名字吗？"他呆了半天，才恍然大悟似的对我说："哦！我明白了：我种的是桃树，而你在上面嫁接了梨树或橘树什么的，现在它成了一个十足的杂种！"

——你才是杂种呢！我刚要骂，他溜进自己的房间去了。

2003 年 9 月 25 日

山月

这是农历二十夜的山月。

夜幕降临后，天就像被一块黑黑的幕布遮住，田野、山林、河流都悄无声息地躲在幕后。到夜里十点钟左右，东边天际才露出了微弱的淡淡的红光，隐隐约约看得见铺在天际如石头一样的云块。那些云块很沉，很结实，将月亮压着了，月亮出来得很慢，像憋了一肚子的劲，好大一阵子才蹒跚地露出头。起初是苍白，次第呈现出酱紫、蜡黄和古铜的半张脸。月亮在东山树杈上停留了很久，像是被树杈卡住了，最终还是爬了出来。在它出来的一瞬间，我分明感觉出它用力太大，树杈被弹动了一下，叶子轻摇慢晃。此时，雾霭从山脚漫延开来，当它高过山月的时候，乍一眼望去，月亮的脖子上像围了一条灰色的围巾。

慢慢地，月亮越升越高，露出了完整的模样。大是大得很，像家里墙壁上挂着的斗笠，又像是独轮车的碌子。但月亮是疲惫的，就像是背着一个大包袱，慢慢地向上爬，一拐一拐的，费了好大的劲，最后一个趔趄，才布景般挂在了东边的天上。繁缛的前奏和冗长的过程，让我感觉出了月亮的苍老和无奈。它升起来后，像是望着我笑了一下，那一笑也似乎消耗了体力，脸涨得通红，最后像一个大红灯笼挂在了天边。

月亮升起来了，那清辉不像是照射下来，而是如瀑布一样轻泻，能够感受到每一瓣月华沁人心脾，让我的毛细血孔有微张做接纳状的感觉。田野里的小动物们因为月亮的升起，都按捺不住兴奋。松鼠开始了夜行，蚱蜢开始了弹跳，萤火虫提出了小灯笼，一只小得不能再小的青蛙坐在一只大得不能再大的青蛙背上，随着大青蛙的跳动而上下起伏，样子实在是滑稽可爱极了。月光下的稻草人，也受到了月光的感染，微风里衣袂飘飘，臃肿的身子也显出了难得的婀娜。

我在老家月光下的院子里静静地坐着，无端地被天空一轮明月感动，竟起身在月光下的小路上小跑起来。这一跑，让我惊诧：那苍老的月亮，直往我怀里撞来，好像挨着了我的胸口，又好像我跑啊跑啊，就会跑到月亮里去。我停住脚步，月亮又孤独地立在天上，怔怔地注视我。我仿佛觉得，如果它有手有臂的话，会将我抱了上去。

"恩娘，快来看月亮哦！"我对洗漱完毕后的母亲喊道。父亲逝世后，我害怕母亲孤独，抽了很多时间陪乡下的母亲。此时母亲笑着走拢来，对我说："月亮有什么看的，你从小到大还没有看够啊？"自己也边说边仰头看起了天上的月亮。看着看着，就低下头，像是对我说又像是自言自语："月亮也会老去的。"就回房歇息去了。

月上中天，四周静得很。只有古铜色模样的山月无语地在天上慢慢走，慢慢望。它仁厚、温和、博大，眉宇间透着深邃，光华里盛满爱意，柔情似水的月光从深蓝色的天宇倾泻而下，如泼，如淋，庭院里亮堂得如同白昼。山月给地上撒了一层银屑，满院子树影斑驳，暗香浮动。而此时的山月好像不急于西斜，迟疑不忍归去，这让我有了更多时间去仰望：这个农历二十夜里的山月，虽和平常没有什么大的不同，但它凝重、苍老和无奈，我分明发现了它不忍离去而磨磨蹭蹭故意放慢脚步的样子。山月脸上苍老的沟壑清晰可辨，额头部位有凹下去的痕迹，脸颊写满深深的憔悴和痛苦。它慢吞吞地走着，时而让云块覆盖，时而又抖了出来，看久了，好像它是静止在天宇上，又好像欲语还休，它到底要说什么呢？

当我久久凝视月亮的时候，它也死死盯住我，盯着盯着，我发现月亮的周围有水晶般的碎光向四周放射。这些碎光啊，多么像父亲垂垂暮年的老泪，又多么像逝去了的无数个大年三十夜里一家老小燃放的烟花——那流星雨一样散落的烟花光泽，映照了三间低矮的木屋和白雪覆盖的庭院，映照出父亲在堂屋里为儿孙们跑上跑下给火盆加炭或是弯着脊背端茶送水的身影，映照出父亲坐在柴火灶前为母亲烧火煮一锅猪头肉的情景……此时的月亮，我发现它多么像我的父亲，孤单而又寂寞地在清冷的天空里看着人间的一切，用它苍老的容颜，抚慰和温暖着尘世间的亲人。

"睡去，明天看太阳！"不知道是不是母亲的梦呓，还是母亲醒着在对我说。

我再一次紧紧注视着天上那西行的月，望着望着，我的眼里就闪出了泪光。

2011 年 11 月 25 日

山歌相伴的岁月

　　我读高中以前都是在山区老家度过的。那地方有喜唱山歌的习惯，我那时虽然年幼，因耳濡目染的缘故，渐渐地也学了些山歌。随着知识的增长，自己不但会唱，还能够随机应变编一些山歌消磨时光呢。

　　为什么要唱山歌？我非理论家，一时说不清楚。但是一点可以肯定，山歌是劳动的人民借以表达喜怒哀乐打发光阴的好载体。劳动或者劳动之余，唱唱山歌就不觉得累，心烦的时候唱唱山歌就觉得开心。我读初一时贪玩，期终考试全班六十人，我考了个四十名，父亲就对我报以老拳。我腿长且机灵，逃到后山去了。老是在山上转悠就特烦，不经意地就哼起了山歌——

　　　　　太阳落土土儿黑，
　　　　　唱支山歌收工喀；
　　　　　一无嫂来二无妻，
　　　　　早早回去收东西……

反正是乱作乱唱，是听乡亲们唱得多了胡编的，其实那年龄压根儿不懂得妻呀妻的。正在后山上摘菜的冬莲婶婶听见了，就笑我："红哥（我的小名）尽唱些晦气的歌儿干什么呀？没有嫂子你哥就快娶了嘛；不过，你娶媳妇儿可就是戴斗笠亲嘴——差得远哦！现在可是你攒劲读书的好时候呢！"她误会了我，我害羞地跑开了。

　　有一年春插，村子里男男女女都到田里扯秧，山上有个外村的妇女一边看牛，一边唱山歌，好像是讽刺我们埋头劳动——

月亮一出像弯弓，

我劝哥哥莫做穷工；

我一年还有三石六斗良黍米，

十二斤猪油九斤半盐，

管派得起哥哥陪我玩……

　　旁边就有一大伯怂恿我："红哥，你的声音大，对歌给她听；你若不对，她还以为我们村的人比猪还蠢呢！"我的"民族自豪感"很强，就站直腰身对唱道：

月亮一出像只船，

哥哥我勤劳是本钱；

叫声姐姐你莫心焦，

老了和你再相伴……

　　扯秧的乡亲们就起哄，那山上只听见牛叫却没了人声。

那年月，村道上要是有几分姿色的外乡妇女路过，男人们的眼睛就会拉直的，尤其是大龄单身汉。村里的三叔三十出头了还没有找媳妇，有天，有个漂亮的女子经过村道，三叔看着看着，抽烟时把烟送反了，将嘴巴和舌头烧坏了，两天不能吃饭呢！当然，那时候人心纯，看归看，并没有坏心眼。我记得有一次村道上走来了一位漂亮的大嫂，穿着红棉袄，结着两支牛角辫子，高高的胸部，村里男人们都暗地里偷看，可是又不好意思和她搭讪，就又怂恿我："红哥，你聪明，唱支山歌给她听，唱得好说不定她还会给糖果你吃呢！"我小时候一爱逞能，二很听话，就唱了——

太阳慢慢偏向西，
黄瓜垄里藏竹鸡；
黄瓜好吃尾巴苦，
豆角好吃一包渣；
嫂嫂爱我年纪小，
我爱嫂嫂胸部大……

　　男人们笑歪了。那嫂子红脸对男人们说："缺德！叫伢儿变坏。"就走拢来摸着我的头说："小孩子唱山歌不能唱坏话。"我对她说："我没有唱坏话呀？你说我哪句唱了坏话？"我娘就把我拉开边告诉我："你不能唱她胸部大这句话啊。"其实，我是看见什么唱什么，当时并不知道"胸部"一词的真正含义，说不定我唱娘也会这么唱的呢！既然娘说不能唱，我就觉得错了，跑到那嫂子面前对她说："我再唱！"就把那句改了，这么唱的——

嫂嫂爱我年纪小，

我爱嫂嫂一枝花。

那嫂子高兴了，果真从她手上提着的香篮里给我拿了个饼和一把糖果呢！

也有唱山歌真骂人的。那时村上的保哥老大不小了还没有找对象，又不知道哪天得罪了外村的人，那人就派了个会唱山歌的妇女，一大清早就站在他门前小河那边，像只乌鸦嘴一样翻来覆去唱山歌骂他。她是这样唱的——

隔河望见杨柳青，

又望见这村里的老后生；

看见的花儿采不到，

你只有在世上打单身！

保哥急了，就走后门从山上来我家找我去和她对歌。那时我读高二，正背着书包上学去，就想拒绝。娘对我说："你快点跑了去对歌了再去上学也不迟的，帮帮保哥的忙嘛！不过千万不要唱骂人的歌哦？"

我答应了。也许我急着上学，也许我听了保哥"不管你怎么唱把她赶跑就是你的厉害"这句话，我爬在一棵树上，使出吃奶的劲对唱道：

隔河望见柳发芽，

后生讲骨气不采花；

我说话不怕得罪你姐，

你那花儿尽是污泥巴……

果然我比她厉害，她不唱了，却向保哥抛来一句"你算什么能耐，请高手唱算什么角色啊？"就走了。我一听见她说我是"高手"，就一乐，身子失衡，从树上摔了下来。一根树桩还差一厘米就戳在胯裆部位。如果真是那样，保哥可能找得到媳妇儿，我却无疑是找不到媳妇儿了。

老家有一种山歌属于"智力型"的。对方在山歌里发问，要你一一回答。这种山歌一般体现在男女动婚姻"看对头"上——双方利用唱山歌的形式，试探对方聪明与否。对不对得好，决定一场婚事是否成功，我读高三上学期时遇见一回。村上一个叫夏娃的后生，托媒人做媒了，女方家里也答应了，可关键是那姑娘要求以对歌的形式考察男方。夏娃只读了小学二年级，要随机应变对歌当然不行。于是，他的娘就请我帮忙去对，为了帮助夏娃做好事，就答应了。

果然，第二天九点多钟，对面山上就有叽叽喳喳女孩子的声音，那姑娘带了女伴来壮胆呢！一会儿，那姑娘就唱着发问了：

> 什么"嘎嘎"天边来嘛啰哩，
>
> 什么"嘎嘎"水上梭嘛啰啰；
>
> 什么"嘎嘎"跟郎走嘛啰哩，
>
> 什么"嘎嘎"姐身边来嘛啰啰；
>
> 什么事情人吃人嘛啰哩，
>
> 什么落地地翻身嘛啰啰；
>
> 什么吃草不吃根嘛啰哩，
>
> 什么肚里长眼睛嘛啰啰。

腊娃婚事的成败攥在我手里，马虎不得，我大声唱道：

> 夜鸽"嘎嘎"天边来嘛啰哩，

鹅儿"嘎嘎"水上梭嘛啰啰；

胡琴"嘎嘎"跟郎走嘛啰哩，

纺车"嘎嘎"姐身边来嘛啰啰；

小儿吃奶人吃人嘛啰哩，

罐子落地地翻身嘛啰啰；

刀儿吃草不吃根嘛啰哩，

灯笼肚里长眼睛嘛啰啰。

……

　　姑娘很满意，说小伙子心里"有眼"，夏娃从此和姑娘喜结良缘。

　　20世纪80年代末，我离开了我生活的村子去读书、去工作。唱山歌的日子就只有在梦里出现。我常常想：那些曾让乡亲们带来快乐的山歌，还继续在唱吗？

2005年8月2日

一次特别的宴会

母亲刚端上来一碗鱼和一盘咸鸭蛋，我一边等客人一边就打起盹来，迷迷糊糊之间，我听到碗筷碰撞的声音，睁开眼睛一看：我家的那只大花猫正在对付桌上碗里的一块鱼呢！那认真执着的样子，毫不逊色我平日的吃相。我见她吃得津津有味，况且我从来对猫们狗们极为宠爱和呵护，就没有赶她下去的意思。她一边吃一边用眼睛瞟我：主人真把我当贵客了？如果这样，本猫以后要学会拿筷子才是。她见我是真心喜欢，就放心大胆地吃将起来，改单手为双手，全身心投入到一块香喷喷的鱼块上。待吃完一块鱼后，两手一抹，向我投来柔情的目光：如果主人不在意，本猫也不客气，可否再来一块？她从我的眼神里看到了默许，果真又朝那碗鱼走去。这时，我竟想到了猫是不是每天都刷牙齿的问题，就跑过去主动从碗里拿了两块鱼放在她面前，示意她慢慢享用。她对着我两耳轻扇，小嘴微噘，我感受到了她脸上的笑容——那种需要用心看才能感受到的笑容。一直以来，我不但相信动物与动物之间有语言和情感的交流，而且相信动物与人之间也一定可以用语言和情感交流的，可以通过恰当的方式进行温暖与爱意的传递。要不然，在我小时候那些寒冷的冬夜一觉醒来的时候，耳边怎么能够响起"呼噜呼噜"的声音——一只毛茸茸的猫脸紧贴着我的脸！如果你再逗她，她更是得寸进尺地伸出舌头舔你的脸呢。因此，我对于不会说人话的猫总有一种无以言表的特殊感情。此时的猫在我的信任与柔情里心安理得、毫无戒备地吃着鱼块，她吃完后就以最快的速度跳下桌子跑了。我奇怪：三块鱼，对于她是小意思，怎么就跑了呢？我又迷迷糊糊在桌旁打盹等待着朋友。

当我再一次听见响声抬头看时，墙壁根一溜儿站着八只猫——除这只大花猫外，另外七只都是小得可怜的小猫，比老鼠大不了多少。我明白了：是这个猫妈妈带领全家儿女们赴宴来啦！看那些猫快乐的神情，好像今天的宴席就是专门为她们准备的，我实在忍俊不禁。猫妈妈望着我，没有急着跳上桌来的意思，大概是要在儿女面前起文明表率作用吧，一会儿望望桌面，一会儿望望小猫，一会儿又望望我：我们猫是很讲绅士风度的，主人不发话，万不可以做不文明礼貌的事情。我仔细地打量起这些小猫来：小猫虽小，但各有特色。有梅花脚上点缀了一朵白云的，有耳朵上镶嵌了一道金边的，有肩膀上顶着两朵菊花黄……如果是女，真算得上美女；如果是男，那确是帅哥。这猫妈妈既是带着儿女们赴宴来了，又是向我展示至善至美来了。但是，尘世之大，这些猫们显得何其渺小，比人类还渺小，他们的生命最多几年十几年吧？这些至善至美都将是昙花一现！我不禁同情起这些弱小的生灵来。这时，我将目光停留在一只最小最瘦的猫身上，她见我望着她，竟像人一样害羞起来，将小脑袋躲在猫妈妈的身后。就在我准备和这小猫作进一步交流时，那猫妈妈"呼儿"一声跳上了桌子：既来之，则吃之，不然菜都冷啦！她把目光扫向孩子们，那些小家伙们蠢蠢欲动、探头探脑对着桌子作跳跃状，终因桌高身小不能上来，我就索性走过去将她们一个个抱上桌来，在每只猫面前放上几块鱼，她们来不及道谢就狼吞虎咽起来。这时，我突然发现了一个可笑的问题：我为什么不把鱼块丢在地上让她们吃而非得抱她们上桌来？这是很不符合人类卫生习惯的问题。后来，我才找到了真正答案：在我的潜意识里，我确实真正地把她们当成了我最好的朋友和客人；既然是朋友和客人，哪有不"上桌"的道理！这些猫能够全家出动，猫妈妈一定是看在主人真诚的分上做了很长的思想工作才将她们带来的，她们是相信你、喜欢你才光临寒舍让你蓬荜生辉的，你应该心存感激才是。

我怕招待不好她们，跑到厨房又给她们端了满满的一碗鱼来。母亲正忙碌着，惊讶地对我说：不是上了一碗鱼吗？我诡谲地一笑：我的客人最爱吃鱼呢！这些小猫们见我又端来了满满的一碗鱼真是受宠若惊了，望了一下猫妈妈，好像从猫妈妈的眼光里看到了默许，就更加放肆和任性起来。

猫们吃饱了，即使那最小最瘦的小猫也将肚子胀得鼓鼓的，好像一下子就成长了许多，不停地用小爪"洗脸"；一只中等身材的黑猫扯了个哈欠，我看见了那从来不刷牙的洁白而整齐的牙齿以及那红红的舌头；那只偏大的小猫沿着桌边在展示极标准而又极漂亮的猫步……这时，只有那猫妈妈坐在桌上不动，慈爱地望望孩子们后又把目光投向我。她坐着时臀部尤显宽大，身上似有赘肉往下堆砌，因为毛发向下且零乱的缘故，让我想到了一只长途跋涉后蜷伏着的刺猬，那原本美丽的瓜子脸分明写着一种苍老和疲惫。

当我从她跟前把空鱼碗拿回来的时候，我的手无意间碰着了她。她竟伸出右爪在我手背上轻轻拍打几下——那种透着轻柔与颤抖的拍打让我丝毫不怀疑她的有情和有意，我的内心里涌动着莫名的感动和忧伤，我感受到了一种最珍贵最温暖的情感的传递……

2010 年 2 月 3 日

花子

　　村支书的女儿名字叫作花子，和我同班又同桌。我为她的名字还闹过笑话：一天，我喊"花子！花子！"不知道她哪里去了，无人应答。老师在办公室备课，探出头问："你叫谁啊？"我大声答道："叫花子！"老师和同学们都爆笑起来。后来我对花子讲："改改名吧，'花子'前面加'叫'就喊成了'叫花子'了！"花子说："坐不改姓，行不改名，不改！"

　　花子胖乎乎的，且黑，但是人好。为人大度，不计前嫌，刀子嘴，豆腐心。有天教室里飞来一只蝉，我刚要去捉，她手快先捉住了。我就和她争了起来，理由是我先看见，不能抢我的。她两只"牛眼"瞪着我："我还昨天就看见的呢！哼！"接着便手舞足蹈地去玩了。我受了委屈，一整天都不理她。她倒好：对着蝉自言自语："有的人气量还不如一只蝉呢！"还故意拿眼睛瞟我。

　　放学后，我打开书包准备做作业，一只蝉被带了出来。蝉的翅膀用一根红线缠着，上面还夹了一张纸条，写道："赠给小气鬼！"我见了，高兴得傻笑起来，一天的烦恼便烟消云散，觉得花子太可爱了。从此，我心里许下一个愿望：高中毕业后一定要娶花子。

秋天里的一个下午，我们上两节劳动课，去帮助一个生产队搬砖。花子的力气大，足足搬了十多块砖在胸前，放下来的时候很不方便，就喊我帮忙搬下来几块。我伸出双手搬时，不小心碰着了她胸前的衣服。一瞬间，我感到那衣服是那样的柔软、那样的暖、那样的不可思议，头一阵晕眩。从此，梦里就有了花子的影子。

一天中午，我看见花子坐着像傻子一样盯住学校食堂的电视看二胡演奏，忘记了吃饭，端着盒饭的手几乎垂到了地面，两只鸡像比赛似的将饭吃去大半，直到我大声叫她时她才回过神来。我问她："你那么喜欢听二胡吗？"她笑着说："是啊！那么好听咋不喜欢？你会拉吗？你会拉我就天天听你的！"

不知道怎的，她的话我却当真了，果真为她学起二胡来。人有寄托就有力量和灵感，只一天工夫我就跟村里"算八字"的瞎子大爷学会了拉"哆来咪发嗦啦西"，半个月就掌握了揉弦、滑弦、换把位的手上技巧。没钱买琴，我就自己动手做起琴来：用了母亲的"米筒"做琴筒，两根"化学丝"当琴弦，棕线当弓丝，再捉一只大蛤蟆剥皮晒干了蒙在竹筒上，就做成了一把二胡，音质还蛮好的呢！每天做完功课后，我就拼命地练琴。四个月后，《赛马》《二泉映月》《江河水》等二胡名曲被我拉得像模像样，每个夜晚，悠悠的琴声弥漫了整个村子。我将做二胡练二胡的事情告诉花子，她先是发呆，后脸红了，老半天，只说出二字：是吗？我连说是是是，她却跑开了。

高二的下半年，花子家里因为缺少劳力，她爸妈为了让两个弟弟把书读下去，要她退学务农。她走的那天，我把二胡带到了学校。帮助她清理好东西后，就执意要为她拉一个曲子，她拒绝了。只留给了我一句话：努力读书，少想别的，考上了好学校再为我拉曲子吧！

第二年春上开学，我转到了另一所学校读高二，学习很紧，半年没有回家，也就很少和她联系。这年暑假，我一边放牛，一边练琴，我想起了花子，我要去看她，要拉好听的曲子给她听。我骑在牛背上，边拉二胡边向她家赶去。进花子家的时候，花子躺在床上，她说感冒了，父母都到田里忙乎去了。我对花子说："听二胡啵？我真的学到了呢，村里人都说蛮好听的呢！"花子没有看我，只微微一笑："听，你拉吧！"

我给花子拉的是名曲《赛马》。《赛马》欢快流畅、热情奔放，花子病了，正适合听呢！拉到马儿欢快驰骋的意境时，我故意在她的房间里来回地跑，不停地用脚跺地以示马蹄声；拉到马儿引颈嘶鸣时，我还故意将头向上抬、朝后仰，逗着花子笑。花子笑着笑着，就哭了，说："谢谢你了，回去吧！"

半年后，花子出嫁了。我后来得知，花子怕影响我的学业与前程，早早地找了婆家……

高三的上半年，教育系统主办民族乐器演奏大赛，虽临近高考，但我毅然报名参加了。那个像疯子一样一边拉二胡一边在舞台上来回奔跑、不停地跺脚的人就是我。一曲《赛马》享誉全城。后来记者采访我，问我的二胡怎如此特别，用什么做成的？我说用心做成的。怎拉得如此美妙？因为是拉给花子听的。花子是谁？花子是人。男人还是女人？女人。花子在哪里？我泪流满面，我答道：在我的琴声里。

2005 年 7 月 26 日

另一种花朵

我真不喜欢那些大片大片人工种植的花朵，尽管它们是花的海洋，看上去蔚为壮观，但那些美丽的花朵好像被圈养了，显露出另外一种味道。

我所在的沅水流域的开发商们为了吸引游客眼球，就在花朵上面大作文章：油菜花、紫云英、向日葵、郁金香、玫瑰花等花种从不同的地域移植过来成百上千亩种植，吸引五湖四海的看客。无论春夏还是秋冬都人如潮涌，热闹非凡。

我无心抵触靠种植花卉拉动地方经济的做法，只不过，我极不欣赏这些出卖"色相"的花朵们。我仿佛感觉到这些花朵们的内心是多么的难受，它们被人为地集中在某一地方，毫无自由可言。在我的内心里，花朵也应该如人一样，是自由的、活泼的和无忧无虑的，喜欢在哪里生长就在哪里生长，喜欢什么时候欢笑就什么时候欢笑，它们应该有十足的理由如人一样选择自己的故乡、地域、邻居和亲戚，它们应该有自己最初做梦的地方和内心倾吐的原乡，它们应该有自己想要的蓝天、白云、水和空气，大抵不必让商人们"绑架"来一个地方愁眉苦脸消时度日。再说，这些花朵们被禁锢在一起供人观赏，其实又有什么好观赏的！我仅去过一个地方看过百亩郁金香后就再也不想去看那样的花朵了。那些花朵们的笑容是麻木的，动作是僵硬的，表情是痴呆的，思想是千篇一律的，让我在回来后的很长一段时间里都怅然若失。

我只喜欢另一种花朵。

它们生长在自己的故乡和领地，它们祖祖辈辈的根系如网状蔓延开去、紧紧相连。有的长在低矮的茅草屋下，有的长在静静的庭院里，有的长在光秃秃的山崖上，有的长在汩汩流淌的小溪边，还有那些峡谷、盆地、荒原、田野边自然生长的花朵——它们才是有灵性的。自由地生长才是生活的理由，与任何人无关，只与自己的内心有关。

我曾经在老家乡下，看到一株怒放的梅花，它生长在一个孤寡老人的屋檐下，树干褶皱如老人的脸。那个老人好像是大病初愈，在冬天少有的阳光里蹒跚地走近它，先是怔怔地看上一阵子，再慢慢挪过身子将鼻子放在花朵上，周围那么安静，冬天空气里的尘埃在阳光里缓缓地浮动，仿佛所有的时间都将要在那里静止下来。那株梅花跟随着老人生活了几十年，好像极具灵性，在微风里婀娜起来。我看见老人脸上露出了难得的笑容。当时我的脑海里就冒出一个奇怪的念头：如果哪一天老人不在人世了，这株梅花要么恣意怒放，要么迅疾枯萎。果不其然，两年后的一个秋天老人逝世，那株梅花当年就没有开出一个花朵，第二年春上就枯死了！这样的花朵，就再不是简单意义上的花朵了，它在你的生活里注入了某种特殊的内涵，到底是什么内涵，我只有想象，也说不清具体缘由。

我也喜欢在人间四月天里山坎边生长的打碗碗花，枝叶茂盛，花色红紫，有的呈现出红白相间色，花冠如小喇叭似的，美丽极了。它们每天平躺在枝条上，好像对着田间劳动的人们笑着什么或喊着什么。小时候，常听大人们说，小孩子不能碰打碗碗花，碰了就找不到媳妇儿了。我们哪里会听这样的劝告，只觉得那些花好看，喜欢，管什么媳妇儿不媳妇儿，上学或者放学经过它们时，都要在它们面前嬉闹一阵，采撷几朵拿在手上或放在书包里。大人们也喜欢这些花朵，常常是在收工的傍晚，女人采撷了别在发髻上，男人们采撷了别在箩筐上带回家去，香了整个院子。这些花朵与生长五谷杂粮的田园连在了一起，与劳动的艰辛和快乐连在了一起，充满了朴实的馨香与自然的祥和，花的作用与灵性也就彰显无余。人与花，是真正意义上的两情相悦了呢。

其实，还有很多花朵是你生活里不可或缺的朋友，它们时不时地会在不经意间冒了出来，让你心有微澜，你会无可逃避地喜欢上它们。当你在寂寞的荒野里行走，累了坐着歇息，此时在你面前开着一蓬灿烂的野菊花，小小的黄或者淡淡的白，微风吹过，摇头晃脑，它们好像在安慰你，又像是眨着诡秘的眼睛在撩拨你，你能不生出幸福的遐想和内心的温情吗？你旅途的乏意便会随之烟消云散，即使你启程离开了也还会一步一回头地去望望它们，也许多年以后，你也还会常常梦见它们。当你为了生计在人生的一道道崇山峻岭中忙碌，看见那些如刀砍斧削的石头缝隙中艰难地生长着的花朵，它们裸露的根系紧贴在石头上，探出纤细的脖子，摇曳着弱不禁风的身体，好像随时有摔下悬崖去的危险。你会被这些花朵莫名地深深感动，你会感悟到它们连生存的一片泥土都不曾拥有，但其品格又是多么的倔强和执着，你会越发觉得它们美在骨子和灵魂里，你还会为你一生中的种种辛劳和不顺而怨天尤人吗？这些花朵也就不是简单意义上的花朵了，它们好像要告诉你什么，你好像也要叮嘱它们什么，你和它们是这个世界里的良师或者益友了。

我喜欢这些不期而遇的平平常常的乡村花朵。在乡村，春天清晨太阳还未露出笑脸，雾霭还在山脚下徘徊，路边星星点点的叫不出名字的小花挂满露水，常常湿了早行人的裤脚，周身都被侵染了小花的清香，这一天都让你精神焕发，你是这个乡村传播快乐的使者。夏天中午，火辣辣的太阳高悬头顶，四周树木好像被太阳晒得要燃烧似的，此时有一荷塘，清风扑面，荷塘里开满碗口大小的荷花，荷花上早有蜻蜓立上头，你会顾不了炎热，或坐在岸边痴痴地对视，或挽了裤脚步入荷塘摘下几朵荷花，再摘一片如伞的荷叶顶在头上，你还会感觉这个夏天还那么炎热难耐吗？你甚至会觉得，这个炎热夏天就是短暂陪伴过你的少女，她就将出嫁给秋天了，你会怅然若失好一阵子。乡村的秋天，最让我一直耿耿于怀心生惆怅的是老家屋后的一株芙蓉，拳头那么大小，深红中带有些许粉白。每当第一次秋雨来临，那株芙蓉花就悄悄开放了。那时，奶奶瘫痪在床上，父亲从县里工作回来忙前忙后，母亲趁着秋雨不能外出在赶紧缝补或纳鞋。我总喜欢坐在奶奶的床前将后门推开，侍候一阵奶奶，又瞟几眼那些花朵，总感觉那些芙蓉花开得那么祥和与安静，红得那么热烈和忧伤。芙蓉花的花期不长，几场秋雨，就逐渐香消玉殒。乡村的冬天，除了梅、玉兰和瓜叶菊外，我最喜欢的是母亲菜园里的那些油菜花。我常常穿了靴子走到菜园去，在油菜花垄间来来回回地走，就像小时候总喜欢在母亲身边挨挨擦擦地走想得到爱抚一样。我不知道是因为这些油菜喂养了我儿时的身体还是仅仅因为是母亲栽种的，反正我特别喜欢，那馨香、那粉黄甚至连同那环境、那天气，总烙印在我心头，以至于半生风雨的我都一直对油菜花情有独钟。这些乡村的花朵们，没有一种是特别的，它们普通得不能再普通，几乎让城市里养花人所忽略。它们谢了，开了；开了，谢了，悄无声息地来又悄无声息地去，是我一直以来最喜爱和最崇敬的花朵。

我喜欢这些花朵们，是因为它们能够自由自在地生长和快乐尽情地开放。它们的存在和你的存在不是对立的，而是包容的；它们与你的生活、情感、志趣糅合在了一起，充满了人间烟火气。它们的存在是等你的到来，或者说你的存在是等它们的到来，是你一生里无法避开的相遇。

2015 年 10 月 29 日

镜里有一个相同的人

我总是喜欢对着镜子里那个和我相同的人笑一笑，或者做个怪样或者大喝一声：你好啊！

父母生下我的时候，肯定有无数次抱在镜前欣赏我，那么，镜里也一定有一对和我父母相同的人抱着相同的我。我呱呱落地，父母高兴啊，他们忙碌着，脸上挂着的笑容映亮了东倒西歪的木屋，鸡飞狗跃，鹅鸭唱歌，院里的柴门是虚掩的，有往来穿梭的亲朋戚友前来祝贺，喜气将土墙土院洗刷得春意盎然。我总是这样想：如果这些亲戚朋友或者鸡鸭鹅狗们都在镜前露了一下脸的话，那么镜里同样有个他们（它们）一样的面孔。母亲会常常在农闲时候中午或是大雪飘飘的深夜，忙着为我烘干尿裤，缝补衣裳，镜里就有了一个年轻而俊俏的母亲；父亲在县城工作周末回来，肯定是先看酣睡在床上的我，再坐在镜前抽一根纸烟，谋划一下全家的生计，喜怒哀愁就挂在了脸上，那么镜子里就有了一个成熟而深刻的父亲……如今的我，总是喜欢在老家的母亲的房间坐坐，和母亲说些话，看见柜上那面镜子，我老是要联想到，一面不能说话的镜子，它一定是摄入了我儿时那么多的时光和至今仍然让我纠结的东西，到底是些什么，我也无法说清，镜子里一定还有一个世界。

也许你会笑话我，镜子只不过是反射或反映客观事物的物体，跟镜子里有没有相同的人和物或者相同的世界是毫无关联的。也许你会说，我砸烂镜子或者把镜子拿走，不就没有了相同的事物了吗。但是，你的理由是站在你的立场上的，你看啊：当你砸或者拿走镜子的同时，镜子里的相同的你也像你那么思想的，也在砸镜子或者把镜子拿走！你窃以为你的看法是多么的正确的同时，你镜子里的相同的你也在和你一样窃以为思想正确而沾沾自喜呢。你把镜子拿走了再回到没有镜子的房间的时候，其实也有一个相同的你在像你一样做着同样的蠢事。你蹦一下，他也在蹦一下；你挥挥手，他也在挥挥手；你龇牙一笑他也同样在龇牙一笑，你哭笑不得他也在哭笑不得呢——只不过你们看不见，是你们都把镜子砸掉或者拿走了！

你会找更多的理由证明没有一个和你相同的人存在，你会说：我家本来就没有镜子！是啊，一个未知的相同的你本来也就没有镜子；你会说，我一直就没有想过还有一个未知的和你相同的你存在，是啊，你的那个未知的相同的你也一直没有这样想过，你们都是不爱想这个方面事情的人——你和那个相同的你性格是多么的如出一辙——用父母的话来说就像是一个模子里出来的！你或许还会狡辩：你的父亲曾经是在县上工作的人，母亲是一个农民，你有兄弟姐妹四人，你们兄弟姐妹小时候经常打架或者偷摘邻居的黄瓜，喜欢上山捉黄鼠狼，奶奶有病常年是瘫痪在床的——那么，你这样不厌其烦地证明镜子里没有一个相同你的存在，那么，这个时候就有一个和你一样的人在和你一样，找着相同的理由不厌其烦地证明没有一个和你相同的人！你的理由越多，就证明相同的存在就更加的具体；说来说去，就是因为没有镜子的缘故——如果你搬来一面镜子放在柜上，你的相同的那个人就在镜子里了！你千万不要做着徒劳无功的傻事哦——不要在搬镜子的同时一会儿把镜子用布遮住，一会儿放在这里又放在那里，忙乎了大半天不就是要证明没有一个相同的你吗？那你又错了——和你相同的那个人也在像你一样做着瞎忙乎的同样的傻事——说穿了：你们的性格、气息、脾气、长相、衣着和喜怒哀乐都是一样的！

还用证明什么呢！你抱一只猫或者一只鹅在胸前，你镜子里的那个相同的人也去和你一样抱了只猫或者鹅在胸前呢；你就是费尽九牛二虎之力弄来一头牛，和你相同的那个人也会弄来一头牛的！反正你干什么他干什么，你生气他也生气，你快乐他也快乐，你想一个人他也想一个人，你写日记他也写日记，你伸出五爪或者捻着拳头在镜前做着戳他或者打他的模样，你的镜子里的相同的那个人也在和你一样在做着相同模样！

和你相同的那个人是存在的，只是看不见的，只能通过镜子会晤、交流，只能通过镜子互相倾吐喜怒哀乐和世界的林林总总。是无声的，默默的，心照不宣的，没有一个好办法能够听见镜子里的那个相同的人和你说着的同样的话！其实，你们的举手投足是那么的相像，一个模子出来的，比双胞胎还相同，还用得着语言交流吗？如果你实在想听听镜子里的那个相同的人的声音，当你在镜子面前和他说话的时候，你拿录音机把你的声音录下来（当然他也和你在做着同样的事），放在镜子前听听，你会说：哇，镜子里的那个人声音和我一模一样！

所以，你知道了镜子里有一个和你相同的人存在的时候，你在时间里生活，在世界里行走，你不是孤单的。你做着什么事情，那个人也在做着什么事情；你做坏事情，他也一定在做坏事情；你做好事情，他也同样在做着。也就是说，在一个不知道的世界里（或者两个世界里），你的所作所为代表了两个人！就说做好事吧，假如，你经常抽时间去看望父母，镜里和你相同的那个人也和你一样去看望父母；你经常给路边衣不遮体的乞丐些银两和衣物，你镜里相同的那个人也在给乞丐放银两和衣物；你冒死飞身直下挽救一个落水的人，你镜里相同的那个人也在冒死挽救一个落水的人。你饿一餐肚子把这一餐给吃不起饭的人吃，你帮别人打伞时偏向对方宁可淋湿自己，你用力揽紧夜行中的爱人，你在阳光里汗流如雨修一条方便他人的路，你在大雪封山的时候呵护一只受伤和迷途的小鸟……其实镜里和你相同的那个人在和你做着同样的事情——你们在不知不觉中传递正能量，你们在相互温暖、影响、激励、比赛着，做着尽善尽美的事情。

2014年6月9日

琴声

周末，楼下周女士搞清洁，把家里一些不需要的杂物统统丢出门来，其中包括一把二胡。这是她女儿圆圆早年初学二胡时买的，现在圆圆入高级班了，嫌这琴太便宜太旧，就买了一把昂贵的新琴。我觉得这二胡丢掉太可惜了，就拿回了自己的家。

这并非一把破琴，除断了一根外弦外，那琴的造型、琴部件的匀称，尤其是那琴筒的稳重与琴杆的挺拔都彰显出一种高雅和精致，让我刮目相看。

我将琴拿回家后，就去商店买了一根琴弦配上，略作调试，便"未成曲调先有情"——吱吱呀呀的琴声就氤氲在整个屋里。这时，周女士和圆圆听见了琴声，就敲门进来。问道：是圆圆丢掉的琴拉出的曲子？一把便宜的破琴也能生出这样美妙的琴声？

我笑了笑，示意她们坐下，继续着我的曲子。一首好的曲子，天塌下来，我从来都不半途而废的。

我还是在读高中时拉过二胡，并且，我那时拉二胡就在村里小有名气。在那贫寒与寂寥的年代里，抱着一把用青蛙皮做琴皮、用量米的"竹升子"做琴筒、用棕丝做弓线、用尼龙线做琴弦的二胡，度过了一个个漫漫长夜。尤其是在暑假，我帮母亲劳动了一天后，就搬了一把靠背椅去屋旁的水库堤上，沐着凉爽的北风，借着星子与月色朦胧的光影，或欢快或悲伤的琴声直把月明星朗拉到月隐星稀。那堤上坐了黑压压的人群，乡亲们劳累了一天，一边乘凉，一边听我的琴声解乏。那时我奶奶还健在，古稀之年的她怕感冒而不能乘凉，就拿着一把芭蕉扇"卟卟"地扇着，隔那么一会儿就从屋里踱至那古香樟下唤我回家睡觉。我在奶奶的唤声里感觉特别的幸福，越发地把琴拉得脆响。人因琴乐，情以琴传，那琴声就透出一股得意和美妙，如雾如月般弥漫了整个村子。

如果是在正月里，我们老家流行的一种"地花鼓"这家进、那家出地演出。十几个人的队伍，有旦角、有丑角，一副锣钹响器热闹开来，满村人都爱看。我除了最爱看那丑角夸张的表演外，最喜欢的就是队伍里那威严的老者手中那把二胡了。大大的琴筒，长长的琴身，那琴杆顶端雕有一条小龙，看得我傻里傻气的。时间长了，那些地花鼓曲子我倒唱如流，就拿了爹的纸烟殷勤地递给老者抽，老者被感动了，索性到一旁抽烟去，将那二胡递给我为他们拉伴奏——

正月里哩到贵家来，

送喜又送财……

也许因为我年小吧，我拉琴的时候极尽搞笑之能事，一会儿跺脚，一会儿从丑角与旦角身边绕来绕去，那丑角、旦角以及那伴唱的大人们就更加乐了、癫了，整个村子在正月的酒味与琴声里摇摇晃晃起来。如果村里有红白喜事，我随了母亲去吃酒的时候，总是喜欢带上那把自制的二胡。红喜事我就一顿猛拉《天仙配》《刘海砍樵》，也拉一些《爱你在心口难开》《望星空》等当时的流行歌曲，时不时地用眼睛瞟那全身都香的新娘子；如果是白喜事，趁着锣钹响器停歇的当口，我就埋着头，一脸哭相，一首首《江河水》《二泉映月》等哀婉的曲子拉起来，也拉一些《妈妈的吻》《爸爸的草鞋》等当时流行的怀旧歌曲。我当时的想法是：不把死者亲属和围观的乡亲拉哭了绝不善罢甘休。琴声在不知道什么是艺术的年代，做了很好的生活调味剂与必需品，且一直以来让我刻骨铭心。以后参加工作，因为生活的忙碌就很少去拉琴了。只是，在我特别忧伤和痛苦的时候，我会拿出少年时自制的那把二胡，拂去琴身上的尘埃，抚摸那琴身上昔日的光影，不禁生出一番呆想，寻找一些心灵的慰藉。

我一直认为琴声好歹与否，断不是与琴好琴坏作为标准来评判的。旧社会的阿炳那把琴并非一把贵琴吧？但在有情人的手上，拉出了流传千古的《二泉映月》。如果一个人一味地追求琴好琴坏，眼里看见的仅仅是一个无生命的物体而不是赋予它以生命和灵性来表达自己的生活与情感，不能达到琴人合一，无论如何也是拉不出"余音绕梁，三日不绝"的美妙乐章的。

我那时学琴虽下过苦功，但没有刻意把它当成一种专长，更没有靠它获取虚名，纯粹是一种自娱自乐、陶冶性情的事情。最多意义是拉给乡亲们和自己喜欢的人听。所以就更谈不上进"科班"或拜"名师"了，属于无师自通地瞎拉。如果非得说有高人指点的话，就是邻村的瞎子宝林伯了。他经常走村串户为人算命，边走边拉，我觉得好奇，就如狗一般紧追其后，偏着头看他的一招一式，后来就悟出门道，自制了一把琴坐在家门口拉得昏天黑地，云遮雾罩的。那琴声欢乐时如小溪欢快地流淌，悲伤时有如秋野上那苍老芭茅凄凉的私语。后来，宝林伯路过我家门口时，他的琴声总是戛然而止，偏着耳朵，嘀咕道：这是谁啊？还能拉出这样好的琴声……

我常常以我独到的发现而沾沾自喜：琴，不是用手拉的，而是用心。琴声的美妙，取决于拉琴人心与情的分量；无情无义和庸俗猥琐的小人，无论怎样卖弄所谓的技巧，断是拉不出美妙琴声的。琴声实际上代表着一个人全部内心世界的诠释与情感的释放，蕴含着一个人全部的生活经历与做人的内涵。我在"揉弦"的时候，总理解为生活与情感在命运之弦上紧紧依附所产生的心灵的震颤，是情感的分子揉进金属弦的分子后迸射的语言；我在"滑弦"的时候，总感觉到一帘有声有势的瀑布从百丈悬崖带着对谷底的膜拜而飞身直下，那种"宁为玉碎"的壮观，或是一个人从人生的谷底顺着命运的琴杆，冲破多少羁绊终于跃至人生的顶峰。也感觉出是从最初的地方打马而过至另一个地方，从一条河流经另一条河，从一个梦连接到另一个梦……总有莫名的感触从心底泛起，心思恰如其分地随琴杆上下腾挪，我全部的思想和语言在一种沉沉浮浮疯疯癫癫之间自由快感地表达；每当我运用"跳弓"的时候，感觉有一种心灵的火花在现实的岩石上碰击，是恋人离别或相见时的欲语还休，是内心之海与世俗之岸接触幻化出的一次次澎湃的潮汐，是命运之船失去航向后的上下起伏，是母亲牵我走路时一个个歪歪斜斜的足迹……分明觉得琴不是单纯意义上的琴了，它成了我承载情感、宣泄思想的有灵有肉的物体，琴人的合二为一，便有琴声的天籁之音了。

我拉琴的时候，人生多少画面汇集于心，多少平日里无法言说的情感揉进那弓、那弦、那筒。恍惚间，那琴筒不是琴本身的部件，而成了盛装我情感的容器。我总是担心，在我拉琴的时候，那弓会在我手里溶化，那弦会让我的想象拧断，那筒会因我浩荡的情感而爆裂……我拉琴姿势与风度极为不好，总是不由得双唇紧咬、背弓头倾，两腿紧紧夹住琴筒，一副俯视的呆相。只觉得那琴声如水一般在我周身泛滥，将我淹没其中，整个人好像变成为琴而死的水鬼了。

2009 年 6 月 23 日

小舅的山歌

小舅唱山歌一波三折，婉转悠扬，就如他家门前日夜流淌的酉河水。在那寂寥的岁月里，山歌，成了小舅表达喜怒哀乐唯一的载体。

第一次听小舅唱山歌是我六岁那年。小舅找对象了，姑娘来他家"看人家"。只有一只眼睛能看见光明的外婆，那天却显得很精神，不到十点钟，就把满桌香喷喷的饭菜做好了，只等着姑娘的到来。可等到下午五点钟，姑娘没来，媒人却来了。她告诉外婆：姑娘的娘前一天晚上串门时打听到有一殷实户要娶女儿，嫌小舅家太穷就反悔了。一桌一年里难得一见的好鱼好肉，就连我这少不更事的馋鬼也无心动箸。小舅低着头跑到酉港河渡船上去了。

我看见他的时候，他正披着一身夕阳，在酉港河里发疯似的将船划来划去，把一河金色搅得支离破碎。几只黑黑的鸬鹚郁闷地立在船头，好像要对小舅诉说什么。这时，河面上传来了小舅的山歌，嘶哑沉闷的调子与暮色融为一体——

河下鲤鱼似妹身，

哥哥打网下狠心；

打鱼不到不收网，

恋妹不到不甘心。

……

他看见了我，调头，拢岸，冲我一笑，笑得是那么难看。看着小舅被夕阳余晖拖在河岸上长长的影子，不知怎的，我"哇"的一声哭了起来。

以后的日子，小舅接二连三托媒找了好几个对象，都因自己家穷没被看上。小舅一拖再拖到了二十八岁。后来他终于找到了一个同村比他大五岁的姑娘——就是我现在的舅妈。外婆自然高兴，小舅更不用说。结婚的那天夜里，我起床上厕所，途经小舅的新房，透过泥糊的竹篱笆墙壁，里面传出小舅和舅妈的说话声。让我惊讶的是，新婚的夜里，小舅居然给舅妈低声唱着山歌哩——

别人爱嫩哥不贪，

姐姐虽老哥不嫌；

姐姐好比荔枝样，

皮皮虽皱肉里甜。

……

我将"情况"告诉母亲，母亲对着我屁股"啪"的就是一掌，"听你的脑壳！快睡！"说也奇怪，那是母亲打我唯一没哭的一次。也许，在我小小的心田里，我为小舅结婚的高兴压过了母亲打我的小小委屈吧！

就在小舅结婚后不久，因"阶级斗争"的缘故，小舅受到牵连。因为舅妈家是地主成分，一个贫农家庭的儿子娶一个比自己大五岁的地主婆做老婆，"革命立场"很不坚定！每次乡里或村里斗争地主的时候，小舅也免不了要陪斗。几个月后一个下雪天，一件让我弄不明白的事发生了：一向在我眼里懂事、善良的舅妈竟和小舅离婚回娘家去了。无论小舅怎么劝，怎么接，她就是不理他，不回来。小舅就像一只黑黑的鸬鹚，终日坐在他那破旧的渡船上，唱着如诉如泣的山歌——

> 桃花开来李花开，
> 打生打死就爱来；
> 在生同妹共枕睡，
> 死了同妹共棺材。
> ……

整整九年后，一个桃花盛开的季节，舅妈又回到了小舅身边。后来母亲告诉我：舅妈离开小舅的真实原因是她深爱着小舅的实在、笃厚与善良，怕小舅陪斗害了他。

那年正月，我又去了一趟小舅家。当我步入他的菜园，一个情景让我又喜又惊：挺着一个大肚子的舅妈一边摘菜，一边竟也唱起了山歌（确切地说是哼山歌），唱腔与风格跟小舅相差无几，只是听不出了先前的苦闷与忧伤，多了一份快乐与梦想……

以后我读书、工作、成家，去小舅家的次数就少了很多，只通过书信或电话问问小舅家里的情况。小舅告诉我，现在农村日子真的好过了，村里大变了样，他承包了村里三十多亩水面搞起了珍珠养殖，还承包了酉港河几十亩地方搞网箱养鱼，赚了十多万啦！并再三叮嘱我有时间去他家看看。我突然想起了山歌的事，问小舅还唱不唱。他哈哈大笑起来："你这个伢儿！还记得老子以前的事，唱还是唱，只是老了，不唱爱呀爱的了！"我问他唱什么，他没直接告诉我，只说"看见什么就唱什么"，小舅还卖起了关子哩！

　　今年初夏时节，我去了小舅那个村。当我步入村子时，一切让我感到陌生，我儿时记忆中的村庄已不复存在，眼睛里看见的是绕村而建的水泥公路向远方延伸，红白相间的座座楼房被早晨的太阳照得金亮，空气里氤氲着庄稼清新香甜的气息。这时，远处一望无际、翻波涌浪的棉田那边，隐隐传来了悦耳的山歌——

> 李子花白来黄花黄，
> 丑伢儿都娶了俏姑娘；
> 一脚东村南村走，
> 鞋上不见泥坨坨样。
> ……

　　我的眼睛湿润了，我听出了，那是小舅的声音。

2007年8月8日

第二辑

山水留痕

XIN YOU MINGYUE
DIER JI
SHANSHUI LIUHEN

夷望溪之恋

有人说，桃源有好山，山因桃花源著名；我却说，桃源有好水，水以夷望溪著名。

乘坐小姑娘撑着的摆渡船一进入夷望溪的怀抱，我便觉得自己进入了一个绿色而透明的世界。那山是绿的，水是绿的，水上的船和船上的人也是绿的了。小船在如童话般的世界里优雅地行进，欸乃的桨声让这溪水显得更加幽静和碧蓝，像要把我带到梦里去。两岸苍翠的竹子向溪水伸长了胳膊，像要拥溪入怀，那些翠绿就没遮没拦地洒了下来，凝重而痴情。船快到水心寨后，溪水骤然变瘦了，像少女束紧的腰身，那一溪的绿，如颜料的堆砌，更加集中和凝练了。小船在水面上划过悄没声息，要不是小姑娘摇桨的手臂如白鹤亮翅将满溪的金屑与银碎搅动，我真以为船是静止的呢！水面就像一条绿色的绸缎，从我思想的开头直铺到梦的尾端，随时都有诱惑我躺入其间或步入其上的可能。站在船上向后望，沿途的景色如书页般翻了过去，留下一绺绺深蓝的痕迹，如蛇的爬行分开繁茂的青草。水心寨、象鼻山、蛇伏山因了船的贴近和绿的烘托，原本不高的它们都显得光彩照人。圆圆的钟山与圆圆的鼓山毗邻，间隙处有如烟的水雾漫了过去，好似沐浴中少女的乳房，透出朦朦胧胧的秀美。山色映照在两岸岩石上，岩石的下部、中层、顶端依次呈现出暗青、深蓝和淡绿，像是有一个能干的画匠在颇费心思地描绘杰作。岸边苍翠的竹子和树木的影子在岩壁上婆娑起舞，把山舞弄得灵动和轻狂起来。我真怀疑那些青翠的山是没根没基浮在水面上的，像儿时叠着的载满了积木的纸船，随时都会背离了溪水飘逝而去。因了小溪的瘦弱和两岸的深蓝，溪水的绿就显得如糨糊般黏稠，像要把船和船上的人凝固在这绿色的镜面上。

小船驶过了水心寨，沿西北而上，溪就由瘦变胖了，如怀孕的女子，丰腴而饱满，妆也不及少女时那般浓妆艳抹了，溪水的绿由稠变淡。小溪如"S"形状绕来绕去，水质淡绿中透着清澈，那种清澈是我有生以来从没见过的，远远赛过桂林山水，有一股撼人心魂的力量。我扶着船沿，脸几乎贴近水面向下望：水底葳蕤的水草随水波轻摇慢晃，每一棵水草纤毫毕露，像拿在手上在阳光欣赏一样清晰而透明。背脊微弓的深褐色小鱼在水草间香鳃轻启，时而穿梭，时而静止，似是炫耀它们的俊美，让我对这些生灵顿生怜爱之情。水底略显平坦的地方，有黑、白、花色的大大小小的螺蛳，它们或如哲学家沉思不语，或如舞蹈家脚步轻挪，在柔软而细腻的泥土上划过一道道清晰的痕迹。"不要以为水浅着呢？都在八米以下！"——撑船的小姑娘对我抿嘴而笑。我不信，拿了船上五米多长的竹篙直插下去，没了竹篙，却不及水底，越发地惊叹这水的神奇了！我嫉妒起这些水里的植物与动物们来：它们有福享受这清澈干净的世界。而我，却不能。

如果说，夷望溪的绿是她的容貌，清澈是她的品格，那么，静谧就是她的气质了。你看：船驶入瘦弱的溪道后，四周的安静，让我在两米之外也能够听见撑船小女孩的微喘声。我尽情而贪婪地感受这满溪的宁静，好让我记忆的芯片上永远储存这小溪的静美。此时，就听见了溪水"噗噗"轻舔溪岸的声音，那么温柔和恰到好处。又有细小的、时断时续的"嚓嚓"声不时传入耳朵，我猛抬头，发现在一根竹子的枝条上，有一对芦花色的鸟儿相互轻碰喙子，这无疑是一对恋爱中的鸟儿了。我听见了少许泥土滑落溪水的声响：一只白色的如乒乓球般大小的蛋壳在慢慢破裂，小龟从壳里挣扎着爬了出来，它迈动小足迅疾爬入草丛中去了。在这样静美的绿色里，我甚至感受到了一条蚯蚓穿过蓬松的泥土，一枚果子落入寂寞的丛林，一朵小花在深秋天里含泪凋谢，一片陪伴了石壁千年万年的岩石坠入谷底……风吹皱一溪绿水，一只黄嘴、红脚的水鸟快乐得发癫，小爪轻点水面，溅起如玉般的水点，转瞬间没入水中，好一会儿才在远处冒出头来，生出拳头大小的水纹，如笑容般由小及大蔓延开去。在一块巨大的岩石下面，长满了墨绿色的青苔，很多细小的、颜色不一的鱼儿在那里尽兴地玩耍，抬起尖尖的脑袋，跃起来，又跌下去，似要顺着那流泉爬到山石上去呢！此时，有云彩拂过太阳，阴影从后面铺了过去或从前面铺了过来，溪水的南头和北头就呈现出一明一暗两种色彩，正如人的快乐与忧伤。

在夷望溪感受太阳，太阳不是直照下来，而是如少女的秀发倾泻，暖暖的、幽幽的，注满一溪的温柔。此时的我，真是物我两忘、乐不思归了。时间和空间对我来说已是静止，仿佛觉得我成了这个溪水里的一株植物，与这静美的绿色融为一体，满身的喧嚣与尘埃都被这溪水涤净，终日里被尘世纷扰的心境也逐渐变得明亮而翠绿起来。

回来的时候，我跪在船沿，灌了满满的一瓶溪水，算是把夷望溪的美色收藏了，把对夷望溪的恋情收藏了……

2009年10月25日

洪江抒怀

月落乌啼，江枫渔火。驿道上，马蹄声声惊起明朝的滚滚红尘；商埠里雁阵惊寒抖落晚清的淅沥风雨。南来北往的旅人行色匆匆，令时光声色犬马；洪江水无语凝噎，时而清澈，时而浑浊，演绎古老湘西版图上的"清明上河图"。

在洪江，历史的苍远和辽阔让我有疼痛，江水的惊涛骇浪让我有惊悚，古城墙的斑驳与寂寥让我有彷徨。在青石板铺就的窄窄巷子中走过，青苔像长在我骨骼的缝隙，身体像是被镶嵌在历史的皱纹中。我看见了明朝稀稀拉拉的月亮，清朝明明暗暗的阳光，民国淅淅沥沥的细雨。整个古老的洪江有如一声叹息，又如温婉的叙说。

洪江古城遗址，断壁残垣，是历史遗落的脸，让我想起长安、洛阳和楼兰。我喜欢它们颓圮的篱墙、檐头枯死的瓦菲和风蚀的石块，如同在我身体上刀刻般烙印、洪水般冲击。这些残败的景象让我想起昔日的繁华，想起烽烟弥漫的远古，想起绝代风流的芸芸众生。如果有时光的隧道，我多想回到那个久远的朝代，身临古城，去触摸它盛世的容颜，让旧日的糖葫芦、油纸伞、花灯还有石砌的老桥，全都浮现眼前。让拥挤的人潮，热闹的集市，欣悦的行人与我擦肩而过。幻想在细雨中，撑一把油纸伞，着一袭白衣裳，走遍古城的大街小巷。去仰望古代的天空、木制的阁楼、气势恢宏的城门、店铺的手绢胭脂和团扇。或去听说书人讲述传奇的故事，或去尝酒肆醇醇的美酒。更想，在烟雨蒙蒙的三月，在曲径通幽的小巷，遇见撑着油纸伞如丁香一般的姑娘，与她品茗对弈，论诗作画，听烟花巷陌，琵琶续续相弹，歌舞绵绵，然后十里长亭，灞桥柳岸，送别之人泪湿衣衫……

洪江，白云悠悠，空气微颤。一座座以山为骨架、水为血脉就势建造的窑子屋，或依山而筑，或坐于深巷，或立于江头。这些斗拱造型、飞檐翘角、雕龙画凤的古老建筑，通过曲折悠长的青石板路，与或高或低、错落有致的石阶码头连成一片，巍巍地雄居一隅。这些粗犷有力、王者气派且霸气十足的古建筑，犹如一幅幅龙游凤翔的精美图画，让人深深地感悟洪江历史文化的厚重氛围和风描雨绘的日月精华。

走在洪江古镇，看见了烟花柳巷曲曲弯弯，细长而又婉约，像一个女子的腰身，又像一段不可回避的历史的光片，折射一个重镇昔日的繁华与风云。我甚至无理由地想到，古代一方繁华的地域，才催生了烟花柳巷的幽深，催生了巷子里青石板上一个个因踩踏而形成的深深的痕迹。我看见了青瓦与灰墙、飞檐与翘角、雕龙与画凤——它们好像对我欲语还休，欲盖弥彰。这烟花柳巷，曾经有多少年轻貌美的女子顾盼于此，她们的打情骂俏博得一时欢颜，可她们的沉浮辛酸谁人能解？当青春散尽，歌声不再如莺，舞姿不再曼妙，留给她们的只有凄风苦雨和冷月孤灯，这将又是怎样的一种寂寞与伤痛？

站在古商城牌楼前，我甚至还来不及好好看它一眼，就迫不及待地一头扎了进去。随便钻进一条巷子，就是走进了历史里。地面、墙壁、木门，三千年的时光打磨出的印痕似乎触手可及。湿漉漉的青石板，皮鞋底敲击出轻微的笃笃声，仿佛是历史从地底下发出的回音，听起来幽远而空阔。那一刻，我感受到了岁月的无情和古商城的浑厚与无奈。巷子有些紧仄，两边是高耸的封火墙，斑驳的墙壁不知滑过了多少时光。我似乎看到了时光的脚印，远了，近了；近了，远了。那些坚硬的墙石在我的眼里一下子变得温文尔雅起来，高深的庭院里花开了一春又一春，故事藏了一年又一年，等待有缘人来走近它，读懂它。巷子纵横交错，每一户人家都盛装了千年的岁月和风雨。主人们处变不惊，淡淡地看着我，慷慨地笑一笑，像洪江的涛声，又像洪江的阳光和星斗。

桐油是历史的原色，木材是汉子的身板，白蜡是女子的容颜，鸦片是还魂的巫术。我看见了从滇、黔、桂、湘、蜀五省地区慕名而来的人，他们或是披蓑衣戴斗笠的布衣，或是手持文明棍头戴黑礼帽的名流——在狭窄而又悠长的青石板路上接踵摩肩，抖落满身的灰尘最后消失在灰尘的远景里。我看见了寺院的清，镖局的红，钱庄的冷，洋行的险，作坊的忙，店铺的挤，客栈的闹，青楼的苦，报社的吵，烟馆的瘦……如今的我，前不见古人，后不见来者，念天地之悠悠，独怆然而涕下。

洪江，扼守湘、滇、黔、桂、蜀，被称为"五省通衢"。据记载，民国二十三年（1934），洪江三万多人中，经商的就达一万多人，经常聚集在洪江的木帆船便有五百多艘，全国二十多个省市和港澳台地区及外国的商人纷至沓来开设店铺达一千余家。可谓商贾骈集，货财辐辏，万屋鳞次，帆樯云聚。洪江是一只焖老鸭，它的名气和味道让天下名流商贾慕名而来，几个朝代亦闻名遐迩。在洪江，我听到一个有关商人的故事：做油生意的商人将油桶的内壁凿薄，或者将桶底往下压一寸，这样就能多装油，商人则按规定的数量出售。表面看商人吃亏了，但这样的亏吃了后却换来了好福气——洪商的善良、包容和豁达使得洪商名声大噪，财金滚滚而来。怪不得，一个偏僻的山区小镇曾经成为无数省的物资聚散之地！这流经沅水、注入洞庭和长江的洪江，在昔日里与海上丝绸之路相接，诱惑了多少贫穷与富贵的眼睛，一个个放大了的瞳仁把一个个梦想世界看得通明。河面上驶过一支或一列布满了大大小小的有橹、有帘、有桅杆的商船，桨声欸乃，划过青山绿水，划过历史烟云。河岸边有一座座码头和风雨桥式的连通走廊，里面有着壮观城门的古城墙，城墙里有雕梁画栋的楼堂会馆，还有鳞次栉比的民居及集市上熙熙攘攘的人群。如今，我感到，洪江古商城的繁华是沅江驮来的，最终也是由沅江的滚滚波涛将它的繁华带走了。

　　在洪江游玩归来的前夜，我蓦然发现，这个古老而又诚信的土地，汉人和苗人皆临水而居，和平共处。我就想，在远古的洪江，汉人与苗人，君住洪江头，我居洪江尾，共饮一江水的情景是何等的安详与静美。我仿佛感觉到了江面有飘落的红纱巾，江上有传信飞过的鸽子，夜幕降临后明明暗暗的灯火以及灯火里含情脉脉后的沉寂。我甚至好像看见了奶孩的女子和临盆的婴儿，江上飘起的炊烟和江上沉落的晚霞。

　　洪江，这个历史遗落的底片，经过岁月层层叠叠的感光，无论是繁华与寂寞、阳光和风雨、潮涨与潮落——它呈现出的依然是历史最初的模样。

2015 年 11 月 1 日

品读鹿溪

我与鹿溪是有缘的，或者说，鹿溪和我有缘。

一投入鹿溪的怀抱，我就被无边的绿色包围着、簇拥着、纠缠着，随手在空气里一抓，好似也能抓出一把绿汁来，衣服、脸以及手上都被山色染成绿色的了，仿佛掉入了一个装满绿汁的大染缸。那漫山遍野、起起伏伏的竹林，仿如一片绿波汹涌的大海，耳畔似有阵阵涛声响过，人好像要被淹没在这绿浪里似的。满眼充盈饱满的绿色，让我的心情快意沉浮，真想自己是一尾鱼儿，沿着印满青苔的小径，游向那竹林深处。

进入山林不久，南侧那山脚下镶嵌着一处如镜面似的小潭。潭水不满不溢，不动不流，如处子般羞涩，如童话般静谧，被四周山色映照得绿绿的。风吹皱一潭绿水，水纹呈圆形向四周荡漾开去，又如了母亲的笑靥。此时，就有鸟儿从它头顶飞过，或顾影自怜或停歇下来梳理羽毛。山色映照在鸟儿的身上，通过太阳光不同角度照射，像玩魔术似的，呈现出赤、橙、黄、绿等各种颜色的光环，想分辨出是些什么颜色的鸟儿是相当困难的了。

沿斗折蛇行的山道向上攀登，猛抬头，让我大吃一惊：头上那直插云霄的山峰仿佛要压下来，真担心一股股密不透风的绿会泼了我一身似的。如果远处的绿是轻描淡写，此时头顶上的绿就是浓墨重彩了。绿中透蓝，蓝里发黑，如颜料的堆砌，如人的浓浓的相思。这时，让我感觉到那绿不仅仅是一种可观的色彩，也是一种可感的力量了。

站在山顶向下望，近处碧青，远处翠绿，再远处淡蓝，山色如少女的花衣，呈现出不同层次的色彩。风吹过，整个山色涌动。此时的风是有形的，我能清晰地看见一个个风的手掌在树木和竹林尖上滑过的痕迹，一波一波的绿浪从山顶流下去，又忽地从山下涌上来，如雾、如烟、如人起伏不定的思绪，实在是神奇和壮观极了。那刚刚走过的弯弯山道如一根黄色的丝带被抛来抛去，让人联想起少女窈窕的腰身。这样一想，山道两侧突兀的秀峰，就如少女的乳房，分明觉得这山就是躺在大自然怀抱里的亭亭少女，鹿溪的秀色可餐就在情理之中了。

鹿溪静静的，静得好像要把我带到梦中去。在鹿溪怀抱里穿行，那种静，那种美真是不可思议。鸟鸣声在空灵的山谷里重复地发出回声，让我感觉到这山的空灵如一个悬浮在自然中与尘世绝缘的物体。在这样的山色里能够听见自己的心跳声，甚至还能体味到心为谁人、为何事而跳的真实缘由。我是一个不喜喧嚣的心静之人，分明听见了那树木、那竹林、那奇花异草因温暖阳光的照射，或收缩或膨胀而发出的"咝咝"声响，没来由地生出一种莫名的兴奋和感动。我发现了这鹿溪的植物们会深深地呼吸和表达情感，自己恨不得变成一棵植物与这秀美山色融为一体厮守千年。风也是有灵性的，偶尔调皮地沿山道直蹿上来亲吻我一下，或将路边零碎的土块吹入山涧——"咚"的一声脆响，从山谷底下传来，让人感觉似梦非梦。而此时，太阳如金粉般铺天盖地洒落下来，每一棵植物因感动，叶尖上都眨着晶亮亮的眼睛，植物与植物之间或接踵摩肩或耳鬓厮磨，在阳光里传递着炽热的情感，整个山色就如一幅饱含情感的画卷。

在山上走着，"叮叮咚咚"流淌的水声不时传入耳膜，如琴，如鼓，如更，如人的私语。我感到很好奇，循着水声寻找，拨开荆棘与藤蔓，发现了一条尺来宽的溪沟，溪沟两侧长满了深褐色的青苔，一如百年千年化解不开的相思结。这分明不是人工开凿，是自有山以来，山泉从山头向下流淌冲刷而成。一时间，让我真正见证了什么叫坚贞不渝和亘古不变。怪不得溪沟这根岁月的琴弦在大山的琴筒上弹奏得那么悦耳和动听，它是在诉说着对大山的情有独钟，一诉说就是百年千年呢！与这溪沟相对应的当是山道两侧沉默不语的山崖了，那斑斑驳驳的山崖如一张古老的脸，就那么静静地守望着那山、那水，让人想起另一种深藏于心、被岁月风化的爱情。

鹿溪是美丽的。她没有名山的雍容华贵和哗众取宠，她是养在深闺无人识的小家碧玉，清纯雅致、不染尘埃；她不是靠人工雕饰和涂抹脂粉来彰显其美的，她的美是与生俱来的，让有缘人见了她顿患相思之苦。我进山之前，擂茶馆的女主人叮嘱我"注意安全"——是怕我遇见那个俗称"罩儿神"的东西吗？如果真是能够遇见，那是我的造化和我的幸福了：我愿意被那"罩儿神"迷着，走不出鹿溪的山色，哪怕是一辈子的执迷不悟。

2007 年 5 月 22 日

怀念那个村庄

还是在20世纪80年代初，我为收集民间文学素材去过那个叫白马的村庄，位于汉寿县以南，距县城六十余公里，与桃江、鼎城辖区接壤。如果现在是坐车，到东岳庙集镇后南行，途经柳溪、枫树、响潭三个村落，便是记忆中的白马村了。崇山峻岭，茂林修竹，是一个被深深嵌在大山皱褶里的典型的"日出而作，日落而息"的村庄。

我凌晨四点从汉寿县城出发，足足步行八个小时后才到达该村的。一阵小雨刚过，春天的花香氤氲在湿漉漉的空气里，村路两旁的溪水发了疯似的将冬天遗留下来的残枝败叶一冲而下。山峦凝翠，流水泛蓝，村庄好似被绣在一个画框里。此时正是春插季节，棋盘似的秧田里人头攒动，阡陌纵横的小路上印满了大大小小、干干湿湿的足印。家家户户长满青苔的柴门虚掩，那关不住的绿一股脑儿涌向一望无际的田野。

我到该村支书王伯家落下了脚。当我拿出县文联开具的介绍信给他看，请他支持我的采访时，他正裤脚高绾，坐在阶檐上小憩，翘着二郎腿，抽着那足有一米来长的旱烟袋,笑容从那胡子拉碴的脸上漫了出来:"看么子!谁家的房子和锅灶带在身上呢?只要你不嫌脏,就住在我家吧!"

时间离农村的中饭还早着呢,我和王伯寒暄几句后,就到村子里转悠起来。让我特感兴趣的是这个村里的"自来水"——一根碗口粗的楠竹一劈两开后,一头搁在后山泉眼处,一头搁在家里水缸上,清澈透明的水便叮叮咚咚地流进缸里,待缸水满时,就将这端竹筒放在窗沿上,让水流到阴沟里去。我觉得这水好玩,就用斗碗盛满了水,观无一丝尘埃,尝则沁人心脾。我对王伯说:"白马村有福呢!水比城里的自来水还干净呢!"王伯笑笑,也不谦虚:"山里人,若是连一口好水都喝不上,那不成了城里人啦?"我笑着点头称是。那句"靠山吃山,靠水吃水"的古话算是在这个村庄里找到了最好的解释。

这个村庄的房屋,除了村口那一栋二层电站小楼孤零零地立在那里外,每户人家的房子大都低矮、狭小,均是清一色的坐北朝南四缝三间小木屋。盖的是深褐色的小瓦,东西两侧屋顶上飞角翘檐,如鸟的翅膀,似要把那小木屋驮飞了去。门壁一律是黄灿灿的杉木,涂了上好的桐油,在阳光里金光闪闪。窗户格子呈"米"字形,东西厢房窗格上贴了财神"赵公元帅"或是"我为革命种蓖麻"的大型宣传画。这些房屋均依山而建,彼此之间却没有围栏隔离,相反,都有一条尺来宽、用碎石铺就的小道把每一户连成不可分割的整体。路面也起伏不平,可以想见,在某一个亮丽的清晨、某一个明媚的中午或是某一个迷人的黄昏,村庄里的妇女们纳着鞋底,男人们端着谷酒,小孩们带了陀螺——张家来、李家往的那种和谐生动的场面。让我疑惑的是:每户人家门框上都贴有鲜红的对联,并且每一家对联字体各不相同,天底下没有月月结婚的好事吧?我将疑惑告知王伯,王伯把手里的旱烟袋都笑掉了:"你这伢儿还亏是文化人呢,好傻的!月月都结婚,那一家该有多少双儿女啊?又不是猪娘下崽呢!"后来才知晓:贴对联是这个村庄的习俗,一是为美观,红色的对联与青山绿水相映衬，家也兴旺，人也精神；二是该村有崇尚文化的传统，无论老少，上厕所宁可用竹篾片揩屁股，也从来不会动用字纸的。村民受文化的浸润，即使没有上大学或因贫无缘读书者，耳濡目染都会几句子曰诗云。我听到过一个笑话：说是"文革"期间，县政府某领导视察该村，指着大队部危房指手画脚："这个房子要修茸修茸！"旁边一牛背上缺齿小儿大呼道："错也，应为修葺修葺！"把个领导弄得脸红如关公。王伯告诉我，这些对联都是每户人家各自所写，或出自纳鞋底的妇女或是侍弄庄稼的汉子甚至是看牛砍柴的孩儿之手。为保持对联的新美，隔三岔五撕掉后重写重贴。我弄懂原委后，更加地佩服起这些村民来，实乃村庄一大奇观。我若是在某一天能够重修县志，定要将此现象录入以示后人。

我在这村庄里行走，想窥视关于这个村庄喜怒哀乐的点点滴滴。就在我看得发呆时，一面色白皙、面容姣好的姑娘几乎挨着了我的身体，对我小声道："哥，爹喊你吃饭去！"这是王伯的女儿娟娟，也是裤脚高绾，脚丫子里含着污泥，只是那双手洗得洁净，在春日的阳光里闪出柔美的光泽。她那脸蛋就像一朵含苞的荷花，透着水灵灵的秀美。是山里人不会说话呢还是别的什么偶然，她的一句轻唤，竟将"哥，爹"二字包括其中，让我一时有站不稳的感觉。

我和娟娟走回她家时，王伯正坐在堂屋里大方桌旁，那一米来长的旱烟袋一头放在桌子上，一头被他云山雾罩地吸着，样子极为滑稽和壮观。他招呼我在桌边坐下，就叫娟娟抱了一瓷坛谷酒来，顺便将两个小酒杯放在桌上，令娟娟倒酒。我好生纳闷：菜都没上，怎先喝酒呢？王伯看出了我的意思："山里比不得城里，无好菜，但有好酒，这是去年腊八节酿的二锅头呢，比城里的瓶装酒不得差！"就把一杯酒递过来，对饮干了。娟娟马上从厨房里端来了盐淹水竹笋、醋泡花生、酸藠头、坛窖马齿苋、清油浸干蘑菇等几碟冷菜。"全是自家产的，先喝！她娘在做热菜呢！"王伯又敬我一杯。两杯酒下肚，我就坐不住了，跑到厨房里看祝婶做菜去了。祝婶做菜让我长了见识：娟娟拼命地烧火，祝婶从后门菜园里抱一团小白菜进来，用刀将根切去，丢在泉水里洗涤三次后，"滋"的一声丢进烧红的锅里，火馅从锅底升起，祝婶放入佐料挥动锅铲翻炒几下便装入盘中。从摘菜到装盘整个过程不足三分钟。我将菜给王伯端去敬了一杯酒后，又去了厨房看祝婶做第二道菜：同样是娟娟拼命地烧火，祝婶从门前小溪里扯出一只竹篮，里面尽是活蹦乱跳的一寸来长的"憨牯子"小鱼，放进泉水里仍是洗涤三次后，倒入油锅里，用锅铲迅速将鱼铺开，再迅速翻边，鱼就煎成了金黄色，放入生姜、生蒜和少许腌辣椒，搅拌几下后便装入盘内。从捞鱼到上盘不足四分钟。那小白菜新鲜、脆嫩、原汁原味；那鱼鲜得很，香得很，连刺也能吃下去，是我有生以来吃到的最有味道的蔬菜与小鱼了。待祝婶和娟娟坐到桌边后，我自己倒了满满一杯酒，敬王伯全家。我是一个不善饮酒之人，但在那个环境里，我成了一个瘾粗的酒徒，那酒量是出奇的大，一些人生的失落与成长的烦恼便烟消云散。

我还要提及的是一件俗事：那天吃饭后，我内急去上厕所忘了带手纸。为难之处我就只好"王伯王伯"地叫唤。王伯一声"知道啦"，稍后就有一只拿着草纸的手从门沿边伸了进来——这是娟娟的一只细嫩的手，娟娟在外面一声"哥，给！"——就"嘚嘚嘚"地走远了。我从厕所出来，显得很尴尬，不敢正眼看她。她像没什么似的，跑到我跟前对我说："你今天来得早不如来得巧呢，晚上村部里放电影呢！""是吗？好啊！"我慌慌张张地回答，借口走开了。

下午王伯要我在家休息，说是等下午插完八分田后，明天一早带我去找田瞎子收集民间文学。当我想到王伯和祝婶都已是六十多岁的人了还要下田，娟娟为了减轻父母负担只读了初一后就在家务农时，我就决定要帮他家一下。于是我对王伯说："那下午我帮你们去插秧。"王伯望着我上下打量，说了声："你行吗？"我说："怎不行？我也是农村出来的呢，当时在村里也是出了名的庄稼里手！"祝婶忙说："那也不行，哪要客人下田的！"我不管那么多，执意和他们去了。那天，我格外地卖力，我插秧倒退时如走路般快，眼前刚刚还是白花花的水田转眼就葱绿一片。也许是遗传也许是先天聪慧：我插秧历来就以"稳、直、正"而在家乡闻名。我五蔸起步，插至田的对岸后，王伯一家子还只插到田的中间，我插第二遍时竟能追上他们和他们一起拢岸，让围周插秧的村民都看呆了。王伯和祝婶老是夸奖我功夫了得，娟娟不声不响地像看明星一样看我。我得意了，分明不觉得是在插秧，而是把一个个字端龙飞凤舞地写在宣纸上，把对这个村庄的好感和对王伯一家的崇敬写在宣纸上。

临近黄昏，暮色笼罩着整个村庄，四周的山峦模糊起来。正值三月初四，那如娟娟蛾眉一般的山月升了起来，水田间和小溪里有潺潺的水声泛起，"山高月小，水落石出"便是这个暮色村庄的绝好写照。娟娟落落大方，在去村部看电影的路上，有说有笑地问这问那。她问我："听说县城里有电视看，电视是机器，人怎么在里面演呢？"我想笑，但笑不出来；想解释，又怕她难懂，就故意对她说："虽是机器，但通了电的，有很多电线接到电视机上，人就轮着班顺着电线爬到电视机里面演嘛！"她"哦"了一声，眼睛扑闪扑闪的，老久才冒出一句："怪不得人家说夜里十多点钟就没电视看了，原来是他们爬累了在电视里睡着了（那时候的电视节目一般到夜里十点多钟就无转播台了——笔者注）！"我有点伤感起来，我想，娟娟是聪明懂事的女孩子，要是她生在了城里或是富户人家，处境和前途就大为不同了。那一夜，放的什么电影，演的什么内容，我一点儿印象都没有。

也许是上天有意要安排我对于一个村庄，对于一些人留下一段牵肠挂肚的情感，并且在永生里让我挥之不去——就在第二天我正准备和王伯去找田瞎子采访时，我得了急性黄疸肝炎，走到半路上就晕倒了，是王伯背我回他家的。他找来了村里的"赤脚医生"为我诊治了三天后，在我强烈要求下送我回了县城。那时无客运车辆，王伯就用那送公粮、运肥料、捉猪崽的独轮手推车送我回家。白马到县城多么的远啊！上坡下坎特别多，王伯怕自己力量不支，竟在那独轮车前面系上一根麻绳，让娟娟拉着。在我的记忆里，那根麻绳一直是紧绷的，娟娟那细嫩的肩膀不知经受了多少的苦痛，这一幅画面一直留存在我的记忆里，时间越久越清晰。

　　以后一些年，为了生计，我一直在外地奔波，只是近年才在本县城做些养家糊口之事。去年，我去鹿溪时，特意去过那个村庄，王伯家的那栋小木屋不复存在，门前已是齐膝深的一片野草。邻居告诉我：两位老人早已作古多年，只是娟娟还很好，嫁给了沅江市一个小商人，夫妻恩爱，生有一男一女……

2004年9月17日

梦里小镇

这样的阴雨天，我忽然有了一点恍惚的感觉，遥远的，我曾匆匆而过却一直牵挂着的沧浪小镇，是一如那日阳光灿烂还是细雨蒙蒙？

那日晴好。我站在小镇的石桥上，细腻而婉约的沧浪河水泛着绿色，曲曲折折地从脚下流过。"青箬笠，绿蓑衣，斜风细雨不须归"的渔民撑了如月牙儿似的小船，在水上忙碌着。青瓦红墙的沧桑矮屋拥挤错落，因为被翠绿如新的杨柳掩映而显得不那么落寞，这就是我梦里的小镇？

当我走在小镇上青石板上的时候，无端地若有所失。两边虚掩的门等我去推开一个小镇人家的喜怒哀乐。门庭若市的是一家挨一家卖着大同小异商品的店铺，耳边充斥了喧哗，听不到清清亮亮的足音。这样的情景，能遇到悠悠雨巷中那袅娜如丁香一样的女孩吗？

这小镇上还保存有一座清朝富豪留下的家宅。我心里猛地一惊：是了，就是这里了，我对于这沧浪小镇全部魂绕梦牵之所在！我走进豪宅，上了楼梯，忽然幻觉一般的安静，周围人少了，我很高兴听见自己踩在木地板上寂寞的声音，好像阔别已久。忍不住想去触碰那些雕了细细的龙凤花纹的朱漆门楣，被重新粉刷过的墙壁掩饰不住古旧斑驳，泛出深褐的色彩。时光终究是会留下痕迹的，那凝重沉默的屏风曾遮掩过谁的羞涩？那大理石八仙桌又留下过谁的手温？那门前款款流过的沧浪水，曾经又是谁在那里洗手和唱歌？我来到一扇窗边，看到的只有层层的瓦砾重叠。我把头探出窗外，朋友为我按下了快门，洗出来的照片是阴郁的颜色。我说不出的沉重，当时大概在想：这扇窗承载过多少寂寞的眺望呢？这样的深深庭院里，又是怎样的一种相思、两处闲愁？

也许，在古老的岁月里面，曾站在这里的女子叫翠翠。翠翠是穿翠绿绸缎、佩环叮当的美丽小姐。翠翠在这座宅子里长到十六岁，很想在这个时候爱上一个人，但在她遇上这个人之前，她就要出嫁了，娶她的是"门当户对"的富户阿贵，老得颤颤巍巍。翠翠站在这扇窗前歪着头，对着沧浪哼着小曲，想着自己不能选择心上人，想着阿贵同样阴暗的宅子，想着一生将守候的时光，倒是没哭，夜里就死了，一腔伤心都倾注给了这流淌的沧浪河。

走过了一段细长迂回的走廊，白花花的阳光迎面而来，恍若隔世。就要下楼的时候，我神经质地转过头，身后空无一人的走廊在满是灰尘的阳光里安然而平静。窗户的影子投在地上，欲诉还休，仿佛看得见夕阳里有微小的颗粒在流动。在这样的流动中，有的变了，有的没变，像不会再有翠翠的故事和这座风雨沧桑的房子。走廊尽头，是一扇圆拱形的门，那门立在那儿，就像一个光与影的分界，门里面什么也看不见，什么也没有。

离开沧浪小镇的时候，我在一家店铺里买了一个火红的绳结，绳结有长长的丝线，精美而复杂，流转着细密的手工和心思。不知怎么我总感觉不了那是喜庆的东西，反倒是透出隐隐的忧伤。

2003 年 11 月 24 日

乾明寺的香樟树

我喜欢乾明寺的香樟树。

作为树种中的常绿大乔木，乾明寺的香樟应该和其他地域的香樟没有两样：树冠广展、枝叶茂密、气势雄伟。但我每每走近它们，就是感觉不同。随行的朋友问我有什么不同，我只好笑笑也说不出缘由。内心里想：反正就是不同呢！

乾明寺的香樟不论大小与否，都干净，挺拔，给人以爽朗和干脆的感觉。在乾明寺那么多香樟树中，我还没有发现一棵树身上有藤有蔓地纠缠，也没有发现树干凹凸不平或者树皮脱落。乾明寺的香樟树大多百年以上甚至更久远，岁月漫长，好像它们从来都不曾被虫蛀，一律地无遮无拦往天空里生长，透出一种精气神。每棵树像天天洗过澡、换过衣、梳过头似的，年轮清新可辨。树皮虽有些许褶皱，但绝无颓唐，总让人感觉出有一种坚贞的信仰在支撑着、膨胀着。那些挺拔而又高大的树，如先祖的注视，如悠远的禅意，洒下一地清凉。这些树好像把多少个世纪的风云变幻也囊括周身，但又如此淡定和从容，内心的东西从来不显山露水，只有微风经过时，才在它们百年的发梢透露出内心的某种喜怒哀乐。我发现，乾明寺里每一棵香樟与香樟之间都有少许的距离，从没发现一棵树是与另外一棵树抱团生长。这绝不是人为的，是自然形成的，也许它们懂得，不加选择地靠近与拥有，远不及亘古的等待与相恋吧！它们努力地向上生长着、生长着，像要追赶什么，又像是要逃遁什么。沿着树干向上望，在半天云中，一棵树与另一棵树的枝丫才彼此靠近，也许它们是厌倦了俗尘的喧嚣，最终选择在天空里相拥相爱吧！也有很多树在天空里连枝丫也没有靠近，只是彼此摇曳着、感应着、期待着，告诉对方的存在——也许一个期待会是一个世纪！但这些香樟们，没有一棵是无精打采的样子，它们或身披霞光，或抵抗风雨，都怀抱初始，蓄势待发，在乾明寺的晨钟暮鼓里气定神闲。

乾明寺的香樟树有一种蓬勃向上，物我两忘的精神。如果是女子，当属大家闺秀；如果是男子，它们是纯爷们。这些香樟看重的是牢固的根基，擅长于储备雄厚的潜力。它们和它们的父亲母亲一样，追求的不是朝朝暮暮，而是日久天长。你仔细地走近它们会发现：香樟的根系紧咬泥土但不露痕迹，只在树干的最底部，有如网状的泥土微微隆起，长满青苔，向四周蔓延开去。这无疑是香樟在盘根错节默默吸收土地的营养罢了。即便小一些的香樟们长得不快，却长得很壮实，毫无弱不禁风的病态。我发现了一棵小小的香樟树，被围墙拦住了，也许是想靠近身边另外一棵树，它委曲求全，在地上横长了一截后，突然在身边的那棵树旁用力挺直身子，焕发出锲而不舍的生命力。我被这些香樟感动了，好像明白了它们的一种爱情观或者生死观：在尘世中生存，有阳光明媚更有凄风苦雨，没有牢固的根基、坚定的信仰及坚贞的守望，是很难成全一种爱或一种理想的。我好像听见一棵树对另一棵说，有你的存在就有我的存在，即便是一生无缘靠近，但只要彼此相望，不离不弃，吸收天宇间日月的精华，也是尘世中另外一种幸福。

乾明寺的香樟树知道修身养性，是谦谦君子。这些香樟们内心充实，体干巍峨，走近它们能够感受生命强悍的力量，你弱小的内心会变得更加强大，你迷惑的思想会更加清晰，你行走的路途会更加坚实。我甚至对香樟树撒下的花朵们也感动和唏嘘不已：这是些怎样的花呀？星星点点地洒落，颜色绿中透黄，花瓣小而又小，掉在地上花瓣都有小小的茎和叶遮盖着。这些灰头土脸，毫不艳丽的花，不是炫耀美丽才落下来的；如果不是暗香浮动，人们又怎会注意这些花朵的存在呢？行走在乾明寺香樟浓荫下的小径，深吸一口气，会感到香入骨髓，神清气爽。你会忽然对美有了更多认识：艳丽固然是种美，奈何太俗；高傲是种美，可惜单薄；内敛才是一种大美，神聚持久！这些香樟们在沆水边生长着，时间的流逝在树身上留下了斑驳痕迹，每一棵树都在对我倾诉曾经的故事和未来的想往。我听着它们讲述红尘的酸甜苦辣，诉说世间的离合悲欢，感叹旅途中的世态炎凉。那一刻，它们不再只是一棵普普通通的香樟树，而是一位历经沧桑、阅人无数的长者。我曾经听老人说，因为樟树身上有许多纹路，像是大有文章的意思，所以就在"章"字前加一个木字作为树名。看来，香樟树是有思想和文化的，它们毫无俗气可言。作为常绿乔木的香樟树，当然它的常绿不是不落叶，而是春天新叶长成后，去年的老叶才开始脱落，所以一年四季都呈现出绿意盎然的景象，这也是香樟看上去能够如此枝繁叶茂，上百年千年都不显老的原因。孤傲香樟，不惧冬天的寒冷，绿叶长年犹在，不像法国梧桐，一旦步入秋季之后，满树的红叶纷纷扬扬脱落，深冬之后只剩下光秃秃的苍白枝干，仿佛想利用那伤痕累累的躯体痛斥秋冬的冷酷无情。香樟那淡淡的清香，儒雅的气质，沉淀的内心，更是令我惊羡与仰慕；它怀抱千古之大爱，不语红尘之浅薄，那种飘逸、洒脱与宁静，是纯正天地自然的完美呈现，这正是我今生真正所追求的境界。活到今天，我终于明白，其实我应该像乾明寺的香樟树那样，生长于山野，扎根于大地，心向天空伸展枝叶，静观人生四季轮回。在滚滚红尘里默默迎接阳光、拥抱山岚、吸纳雨露，让整个一生都活得蓬蓬勃勃，青翠欲滴。即便倒下，那也是珍贵的树种。

在乾明寺亘古的佛荫与禅意里，仰望这些高大而又坚挺的香樟树，我在想：我又是哪一棵呢？

2015 年 10 月 28 日

故乡的雪

　　"冬至"刚过，故乡的天空便开始酝酿雪了。此时，天空阴沉沉的，空气中有阴冷和潮湿的味道，即使偶尔有阳光穿破阴云，也是无力地洒在田野、山林和河流上。村子里那些落叶的树木，枝丫光秃秃的，伸出灰黄色的手掌在干冷的北风里摇曳，地上枯黄的落叶被风吹得飘来飘去，引得孩子们兴奋地追踪，听那种"咔哧咔哧"的声音。天空低垂，北风吹过脸庞，如同小刀轻轻划过。

　　这个时候，离下雪就真的不远了。

　　也许是白天，雪就慢条斯理地落了下来；也许是夜里，"忽如一夜春风来，千树万树梨花开"，村庄就被皑皑白雪覆盖。那厚厚的积雪所带来的丰盈与稳重养眼得很，醉人得很。树苑、树冠、树丫，因为包裹了厚厚的冰雪而变成了形状各异的精灵，它们有的像球，有的像桌，有的像蘑菇，有的像小猪……站在高处望，远方白雪茫茫，近处树木静默，田野里有成群结队的鸟儿飞来飞去地觅食。若是下雪伴着阳光，那阳光金丝缕缕洒了下来，整个世界一片灿烂辉煌，使得原本已经非常饱满的雪韵，又平添了几分雍容与华贵的气质。在白茫茫的背景下，偶有一只水桶大的老鹰突然从天空呼啸而下，在头顶盘旋，偌大的身形几乎要遮住半个天空似的，矫健的体魄和从容的神采，只在童话里才能看到。

在我眼里，故乡的雪天并不是那么冷。雪刚刚开始下的时候，只有在枝头、草坪、屋檐和墙角处会有斑斑白色的雪花，但又不那么厚，只是薄薄的一层白沙，看起来格外的细腻、温和。随之而来，是厚厚的一片白，白得让你欢喜，让你留恋。这片白盖住了所有山林、树木，最后一直延伸到了天边，将天与地紧紧地连接在了一起。小时候的我，对于下雪总是怀着激动和惶恐——雪初下时，我看上几眼后就马上躲进屋子，好像，怕因为我的久看而让雪不高兴会突然停止落下。

那时的雪很大，相比现在的雪要大得多。雪在没脾气时，斯斯文文，在天空中慢条斯理地扭着、飞着；脾气一来，脸色突变，风便拧着雪花，恣意地狂舞起来。有的时候，雪花像蒲公英，很薄、很小；有的时候，雪花像棉花糖，软软的，黏附在你的衣服上。那时大雪封门是常有的事，记得一次早晨起来上学，一夜的大雪把门封住了。父亲慢慢推开一条门缝，将铁铲顺着门缝一点点把雪挖开，然后侧身出去再到外边清出条道来。大雪，把本来很低矮的小木屋压得更低了，鸡架没了，狗窝没了，猪圈也没了，小木屋只剩窗户还露着，像是两只眼睛炯炯有神地瞅着茫茫四野。

下雪的日子，小伙伴们有的一起堆雪人，有的便开始打雪仗。一开始还分帮分派，双方各设阵地，各方内部也有分工，有的负责投掷，有的负责捏雪球。只是，每次玩到最后也很难分出胜负，更多的时候是混打了，也不管是哪一边的，见着人就投，往往是刚打了别人的同时自己身上也"中弹"了。最怕的是正好打在脖子上，那冰凉的雪就会顺着衣服领子滑进后背，瞬间又化成水，最后衣服都湿了。那时候我们的鞋子大多是母亲用布料做的，雪很容易渗透进去。

每次疯玩后，衣服和鞋子都是湿湿的了，我们便偷偷地溜回家里换了衣服和鞋袜，躲着父母把湿的鞋子和衣服在火炉边上烤干，否则就会挨一顿臭骂。

天越黑，雪越白。入夜，家家户户的灯火明明暗暗地闪烁在夜幕里。如果有皓月，皑皑白雪在月光的反衬下，天越发显得亮，犹如白昼一般，老远都能瞅见人。此时，乡亲们坐在炉火小屋，丈夫端着酒杯慢斟细饮，妻子不时添个菜上来，青春的脸被炉火映得像桃花似的。调皮的小孩趴在桌边，望着悠然自得的爸爸，在暗忖酒怎么这么香甜好喝，你无法想象一个家是多么的温馨！或是三五个知交，在野外散步，一边欣赏雪景，一边谈论农事，也是人生一大快事。那时的我，喜欢一个人静静地捧着一本连环画，靠着草垛，坐在月光的雪地里翻呀翻，让整个身心都进入到一个空明而又纯净的世界里去，多少年少无知的幻想在那静谧的雪野里开始了播种和萌芽。

故乡下雪的时间也不会延续得太长，一般就是三五天，最多不超过六七天吧。雪融化的时候，一般在下午，太阳透出头顶时，雾霭已经渐渐地消散，但零星的雪依然在飘扬。当一道金黄色的强光斜穿于天地时，从山的东头到山的西头形成了一条不规则的如彩虹似的抛物线，透过这道光，你可以清楚地看到东山头到西山头的所有美好景象，这道光线也将山与雪、雪与雾、雾与大地分成了赤、橙、黄、绿、青、蓝、紫七种不同的色彩。阳光下，一朵朵雪花，有的静卧在梅树的臂弯，轻吻着一朵朵浸着暗香的梅苞；有的紧搂着松树的青枝，那白雪，就像一条围巾围在松树的脖子上。更有趣的是，雪花凝成一团团，压着翠竹高耸的枝竿，仿佛是在试试它是否能承受其重，被压弯的竹竿猛地一个弹起，惹得雪花在半空中乐开了花。经过几天的太阳照射，银白的雪开始化了，雪地里流淌着一条条细泉，更像是离家太久的游子跪伏在母亲的怀里，流不尽那份思念的泪。小镇上也突然就拥堵了，街面是灰黑的颜色，只有道沿上残留的一小块一小块白色，见证这场大雪前几天来过。在第一辆车上路之前，街上还是干干净净的白；到黄昏时候，汽车亮着两只发红的眼睛，小心翼翼地挪动，像是第一次穿上旱冰鞋的少年，显得步履维艰。儿时的我，每每因为雪融，心里便孤独起来，似乎一切都那么仓促，一切都那么无奈，时间中的美好事物如匆匆过客，想留也留不住，总让我若有所失好一阵子。

　　如今，雪是越来越少见了，往往是盼了很多时候，才下了薄薄的一层，很短的时间里又都化了。就算是下了厚厚的雪，也已经很难找回儿时的那份心情那群玩伴了。有些东西，逝去了就再也找不回，就像那故乡的雪。

2012 年 12 月 3 日

老家四月

四月，春天的俊俏还没有褪尽，夏天的亮丽正在渐渐赶来，从这个季节开始，消停了腊月和正月的老家人，便开始忙碌起来。"绿遍山原白满川，子规声里雨如烟。乡村四月闲人少，才了蚕桑又插田。"南宋诗人翁卷笔下江南乡村的四月景象和我老家的境况多么相似。山岗上牛铃叮当，小河里流水潺潺，小路上行人如织，每家每户鸡飞狗跳，鹅鸭嚷嚷，好一派农家春忙的画图。

在我的记忆中，老家的四月每一棵草都在开花，每一棵苗都在拔节，阳光一天比一天明媚，熏风一天比一天柔软，天空像复写纸一样瓦蓝。阳光像是积蓄了一冬的力量喷洒而下，万物充满了勃勃生机。如果是雨天，杜鹃鸟叫得格外欢，天空烟雨迷蒙，田野雾气蒸腾，一眼望去白的白得耀眼，绿的绿得迷人。红墙碧瓦的小房子掩映在青山绿水中，每一个人的裤腿上都粘有零星的青草和初夏的泥巴，空气中充满浓郁的青草气息和泥土的味道。

老家的四月，首当其冲的是做秧田，是庄稼汉大显身手的好时候。正在开花的紫云英被翻埋进田泥里，再引来渠水沤田。阳光加热了满田的水，发酵了泥土里的养分，直到田泥变得无比柔软，这时候，退去一部分肥水，再将软泥做成一畦畦的温床，撒上草灰后再抹平。然后把早已浸好了的种谷撒在一垄垄平如镜子的软泥上面。忙完播种后，还别忘了在田头插个稻草人。麻雀嘴馋，它们虽然对那些已经生根发芽的小秧无计可施，但还得提防它们饥不择食地糟践。接下来，等待秧苗青油菜黄，割了油菜好插秧。

秧苗长起来了，是春耕大忙插田的时候。田里的活是男人们的，犁、耙、耖一样都不能少，一条牛、一个庄稼汉子，就是这时候田野上最常见的风景，"人懒地生草，人勤地生宝"，庄稼人是最懂得珍惜农时的，要是这时候不出力出汗，"秋收万颗子"恐怕仅仅就是一种愿望了。有谁不希望有个好收成？就算是阴雨连绵，若不是下暴雨，男人们都会穿戴蓑衣斗笠在自己的水田里劳作，白花花的水田里人头攒动，好像田里有忙不完的事，都在暗地里鼓劲，谁都不想落后谁。

秧苗长起来了，春插开始了。常常是，东边的天空刚刚有点泛白，秧田里就满是窸窸窣窣的声音了。不管是年轻的年老的，还是刚学做农活的孩子，一个个走下秧田扯秧。他们顾不得早晨的丝丝寒意，有的穿起长筒套鞋，有的索性高卷裤腿，让冰冷的泥水包围着自己的皮肤，一双手紧紧贴住秧田的泥面，忽前忽后忽左忽右游走在秧苗之间。右手刚握住了几株秧苗往后拔起，左手又赶向前去抓住了另外几株秧苗，然后闪电般将手里的秧苗合拢，在面前半尺深的水里快速地摇摆几下洗净，再迅速地抽出一根早已系在背后的扎秧草，缠好后，干净利落往后一扔，样子潇洒极了！天亮不久，村里的炊烟正在慢慢消散，人们一个个站起身来，捶捶发酸的腰，望望秧田，又望望家里，有人不耐烦地开始嘀咕：都什么时候了，还不送饭来。此时，渐次有挑着早饭的担子向秧田迤逦而行，也有等老半天都不见送饭来的，就匆匆地跑回家去。尤其是那些年轻女人，一进家门，急急地喝完两大碗粥，简单地料理一下家务或者给孩子喂一把奶，随即又转入扯秧和插秧的行列。田埂上，男人挑着码得像宝塔似的秧苗担慢慢行走着，来到田边，他们弓腰放下扁担，然后提起秧把向早已平整好的水田里一一抛去。只见他们手腕一旋，那秧把便在空中画了一道优美的弧线，"啪嗒啪嗒"地站在水田中了。

插秧虽然辛苦，但也是最好玩的时刻。我们老家有个习惯，往往几家联合在一起，插了张家插李家，这叫作打串工。插秧又多半是妇女的活儿，因为男人大多数去扯秧、挑秧或去整田了。女人在秧田里东家长西家短地拉着家常，也有刚过门的小媳妇夹在中间，默默地当个忠实的听众。说到闺房之事，只见小媳妇羞得红如桃花的面庞，火辣辣地发烧；说到高兴处，便会从田地传出嘻嘻哈哈的笑声，这笑声会惊动一旁觅食的麻雀，它们便呼啦啦成群结队地飞走。也有比赛插秧的，我读高中的那时候，是村里插秧的行家里手，不但插得快，而且插得正，庄稼人都很服我。只见我的双手在水中上下翻飞，像弹钢琴一样，富有韵律和节奏感，不一会儿就遥遥领先，一不小心就关了别人的笼子。如果是插秧慢手也不怕，自有偷懒的招数应付人家关笼子，那就是少插几株秧苗或插稀一些，当然这得遭到父辈们的一顿大骂。一般情况下，我在村里插秧都是第一个人先插，其他人依次按快慢顺序一字排开，最慢的就在最外面。一眨眼，在棋盘似的水田里，一些穿红挂绿的农家女子和大大咧咧的庄稼汉贴在水面，像一张张弯弓，在你追我赶的欢笑声里，一棵棵绿色的秧苗渐渐演化成一根根绿色的琴弦，整齐地在水田里延伸着，弹奏着。

插秧完后有一段时间里，尤其是下雨天，相对来说会空闲一些时日。就有男男女女去城里逛上一天半天。说是逛也不贴切，村里人逛街也不忘使命，男人大都到城里的铁匠铺打上一把上好的镰刀、锄头，或者挑回来几个猪仔；女人大多是扯上些布匹拿回家，在雨天里做衣服和鞋子，或者买回一篮小鸡来家养着。也有时不逛街，男人要么干脆在家睡懒觉，要么打了雨伞去串门闲扯或走象棋，为了一个卧槽马将军争执得面红耳赤；老人在屋檐下搓着草绳，望着满天乌云盼天晴；女人在厨房里煮腊肉，裹挟着肉香的炊烟在迷蒙的雨雾里飘向村头村尾。也有心灵手巧的女人靠着门壁，一边看雨，一边做着一手好女红；也有的人家夫妻双双开始了种瓜点豆，脚下的泥巴软烂，踩上去滑滑的，有一丝丝直钻脚板心的清凉。

老家的四月，田里的庄稼也有不急不慢的，譬如说那一田接近金黄色的油菜，它就不着急。庄户人家再怎么火烧火燎，它都好像感觉不到，灌浆、晒籽，它一直都不慌不忙。就算隔三岔五有人来田边左瞧瞧右望望，它就是没看见。一直要等到吹够了小南风，一直要等到热辣辣的日头晒得它浑身金黄，它才肯撩开成熟的样子，把浓浓的油菜香，散发得满田满山都是。等了这么久，心里急着呢，庄户人家哪还有心思慢慢来欣赏这些，赶紧拿了镰刀、绳索，忙着抢割抢收。刷刷刷，把满田的油菜先放到，再一担一担挑回家。时间富裕得很，女人们就在晒场上铺开来，拿来连枷，噼里啪啦脱粒，她们互帮互助，晒场上要是有三两只连枷在响，节奏好听极了。田里的活自然又交给了男人，或扯草或治虫或放水，该做的一点都不能少，分工明确，各负其责，虽然不是严格的男耕女织，但基本上还算是那么一回事儿。四月里，能够偷闲的好像就只有背了书包上学堂的孩子们。一放学，就如解了缰绳的小马驹子一样，到处乱蹦乱跑。也有时候，娘老子一声吆喝，不得不牵了牛绳子，去门前屋后的山上放牛。春忙时候的牛，一样累，不怎么跑，只顾自己吃草，只要瞅准了它不去吃庄稼，你想怎么玩就怎么玩。偌大的一片山林或是水草开阔地，又成了孩子们大闹天宫的好去处。

树上的喜鹊忙着营造自己的爱巢；爱闹的麻雀还是那么多嘴；草丛里的阳雀鸟的叫声高亢而悠长。最快活的还是那些野兔们，箭一般从草丛里射出来，不等你回过神来，就已经无影无踪了，留给你一声声惊叹。几只漂亮的蝴蝶在菜园的瓜秧上嬉戏，肥胖的黄蜂不厌其烦地在屋檐下来回奔忙，并不时发出嗡嗡的声音，像失控的波音客机在不停地旋转。老家四月，杨树的叶子是明艳的鹅黄绿，亮丽生辉，你会疑心那每一片叶子上都跳跃着一个精灵。早生的桃杏树叶颜色已经深沉了，绿得深不可测。指头肚大小的毛桃和青杏深深地隐藏在浓密的叶子里，忐忑地提防着那些馋嘴的娃娃。随便走上一座山包，放开视线，一幅绿白相间的水彩画就覆盖在大地之上：绿的是稻田，白的是鱼塘，这两种色彩，引领了乡村初夏的主流。

"人间四月芳菲尽，山寺桃花始盛开。长恨春归无觅处，不知转入此中来"——老家的四月，到处新鲜明艳，到处生机勃勃。而带来如此美好画面的就是"日出而作、日落而息"的乡亲们。是他们的劳动让山村更美，是美在劳动中更加厚重和恒久。

我眼里的陕北民歌

民歌是一面镜子，那地域中的历史、文化、风俗、人情都被一览无余地照射出来。我从小就喜欢民歌，在众多的中国民歌中，陕北民歌留给我的印象尤为深刻。

陕北民歌在我看来都是情歌。男人想念女人或者女人想念男人时的那种焦躁、苦闷、伤感、快乐，被如诉如泣地表现在陕北民歌里。民歌《赶牲灵》就是很好的明证：

> 走头头的那个骡子哟三盏盏灯，
> 带上了那个铜铃铃哟哇哇的声。
> 你若是我的哥哥哟招一招手，
> 你不是我的哥哥哟走你的路。
> ……
> 想你想得上不了炕，

炕塄上画下个人模样，

白天里想你穿不上个针，

到夜里想你吹不灭个灯。

……

——我看见了穿着红袄子、围着绿头巾坐在闺房里的寂寞的女子那种苦盼丈夫归来的伤感、苦闷、难耐的心情，这是天天有丈夫的肩膀和胸膛挡风挡雨的幸福女子所不能想象的。并且，这陕北女子是那么直言而不忌讳，真实而不做作，把劳动、吃饭和想男人当作生命中不可或缺的事情，实为人性本真的体现。想男人时想到"上不了炕"——怕孤独与冷寂；想男人而没有男人就"画下个人模样"——作一番思念、牵挂和幻想，其相思之切已是何等感人。天下异处女子之比陕北女子的钟情、把男人当心肝宝贝的痴傻可爱的样儿那要黯然失色多了。

陕北民歌是"受苦人"唱的歌，陕北人唱民歌是发自肺腑、镂心刻骨的。我到过陕北一个乡村，有个男人因为贫穷，心中的恋人被父母许配给城里富人了，这个男人就每天坐在山峁上，一唱就是三个多小时且双泪直流呢！

一首陕北民歌就是一幅在社会底层的劳动者的生活图景。男人或者女人，或因"情"困，或为"况"苦。前者是精神的，后者是物资的。著名的《走西口》就是为"情"受苦的体现：

哥哥你走西口，

小妹妹实在难留；

手拉着阿哥哥的手，

送哥送到大路口。

......

那痴情，那恩爱，那缠绵——即便是那男人出去后客死他乡，那男人也是值得的，幸福的。

同样，著名的《三十里铺》就是因"况"受苦的。我从民歌里深深地感受到了陕北人对于贫苦的彷徨，对于美好生活的向往以及对于那片黄土地的热爱之情：

> 背靠黄河面对着天，
> 陕北的山来套着山。
> 毛堖子柳树河湾湾里生，
> 一方水土养一方人。
> 翻上了架圪梁拐了道弯，
> 满眼都是黄土山。
> 提起那家来家有个名，
> 家住在绥德州三十里铺村。
> ......

陕北民歌时而如诉如泣，时而歇斯底里，真诚、悠扬、高亢、哀婉，那是真情实感的原本再现。它的独特的美，它特有的音乐文学语言所表达的信息是让人久萦于心和苦苦思索的。

我想，陕北民歌之所以这样，与地理环境有关吧。陕北山大沟深，唱歌的人要将歌声送到对面山上，就得拖长声音，让对方的耳朵有个接受的过程，因此"悠扬"的特点便产生了；同样，在这样的环境下唱歌，歌声必须有一定的高度，否则对方听不见难以产生共鸣，于是"高亢"又成了陕北民歌的又一特点。

有一段时间，我为陕北民歌为什么那样哀婉和原生态找过原因。我发现，是陕北的历史与风土人情决定了其民歌的哀婉性。就说一个方面吧：在旧社会，陕北多山少川，山地作物一般只收一季，而且产量极低，付出与回报不成正比，生活当然贫苦。遇上灾年，加上地主的剥削和压迫就更加苦不堪言了，于是民歌中的哀婉成分就表现出来。另外，陕北人有这样一个习惯：人在年幼时，家长基本不加管束，男孩女孩自由自在，青梅竹马、两小无猜般的感情便水到渠成。然而，待到"当婚"年龄，因为贫穷导致"买卖婚姻"而被拆散，有爱情而无婚姻或有婚姻而无爱情的悲剧就不断产生，哀婉的特点又从民歌中反映出来，如黄土灰尘弥漫在陕北人的生活与生命里了，加之歌声中所反映的大都是与陕北人民息息相关的生活内容，就一代代耳口相传——

> "东山的葫芦西山的瓢，
> 童养媳妇实难熬。"
> "我妈妈生我九菊花，
> 给我配了个丑南瓜。"
> "五谷子田苗子数上高粱高，
> 一十三省的女儿数上咱兰花花好。"
> "只要和妹妹搭对对，
> 铡刀断头也不后悔。"
> ……

陕北人唱民歌不是用技巧的，而是用整个身心在歌唱，用整个生命在歌唱。陕北人敢爱敢恨的直性子和"疙瘩性格"在我看来是世上少有的。对于爱情不虚伪、不做作，不仅仅缠绵悱恻和柔情蜜意，更多的是，为了表达心中的爱，往往像是赌咒发愿似的，见出了陕北人的直率与本真，见出了陕北人对爱情坚贞的呼唤——

"一碗凉水一张纸，
谁先卖良心谁先死。
一张黄纸一炷香，
谁卖良心谁先见冥王。"

听到这歌声，让人感觉到陕北人质朴善良的本性，男人如黄土般执着与深沉，女人如山峁子般专一与痴情。也让我明白了：人生一世原本就是为情生、为情死的。

2007 年 7 月 25 日

清水湖的风

　　清水湖是属于夏天的，属于夏天的风。

　　那风是无数个长了小足的小精灵，各自调皮地将玉足一蹬，湖水就笑皱了眉头。风最先从那湖上颠来，霓裳拂过广袤的草地，那青草便顺溜儿倒向一边去，次第露出根部墨绿的色彩，远远看去草色由绿泛黑；风再折腾过来，那草就如海浪般汹涌，草色迅即由黑转青。此时，快乐的你，联想到风的调皮与魔力会不由得哑然失笑。那风如此三番五次过了瘾，就窜到浓密的板栗树和百年香樟中去了，窜到百亩茶林和稻田中去了。于是山色涌动，湖光跃金，树木花草或窃窃私语，或耳鬓厮磨，清水湖的夏便玲珑剔透起来。

　　正是那风从湖上吹来，就裹着些许湿润和清凉，抚你的脸、触你的胸、袭你的衣襟，细腻温软，恰到好处。你会心有微澜，不爱这里的夏天也不行了。因了风满山满野地疯跑，那些小精灵身体上沾染着各种花儿的馨香，沁人心脾。你身上的尘便散了去，你喧嚣的心便静了来。此时，绿草间、浓荫下一椅或一石，便如磁铁般将你牢牢系住，直到你发现自己都快变成一椅或一石时，才恋恋不舍地离去。清水湖之夏，风与人的关系便是你和恋人的关系，谈不上谁先喜欢谁、谁先爱上谁，两情相悦便是真实的缘由与缘分了。

清水湖美就美在自然。在众多的自然美景中，最美当属九岛十八弯。小岛就如农家姑娘的脸，弯处便是姑娘的腰身了，迂回曲折、荡气回肠。你是男人，难拒温柔，你是女人，亦羡其美。那些风对九岛十八弯也情有独钟呢！或在小岛嬉戏，那小岛便风生水起；或在弯处胡闹，那弯处便升起如烟的水雾。当那些从美丽和美妙处归来的风亲近你的时候，那风就有了灵性，缠你、绕你、抚你、慰你，你推也推不去，拍也拍不掉。在这个夏天，你原本浮躁和狂热的心，便成了一支将要融化掉的甜蜜的冰激凌了……

每当我下榻清水湖国际会议中心时，总喜欢择一临水的客房。在万籁俱寂的夜幕里，躺在阳台的秋千吊椅上，观山高月小，水落石出，万般愁绪抛却脑外。尽情地与风对聊，倾听风的声音，沐浴风的温柔，我觉得我是一个比皇帝还幸福的人。如果是中午餐饮后，择一坐北朝南的"清雅居"或"清丽轩"，手握一杯绿茶，无边无际的绿色高尔夫球场尽收眼底，四周沿湖而建的红墙绿瓦农舍在阳光下如积木堆砌的城堡，美丽极了。那些风的小精灵从窗格子里扑面而来，或翻弄我的书籍，或搅动我的绿茶，"咕咚"掉进去几只小精灵，那茶水便荡起绿的笑靥。此情此景，想一些人、思一些事，自己也便云里雾里，感觉那风儿也似音乐，要"余声绕梁，三日不绝"了。我就想：可不可以装了一些小精灵们回去呀，洒在我那多尘而喧嚣的街市，那可是再好不过的事情。可是，你带不走那风，那风只属于那山、那湖，调皮的小精灵们，她们的小足是不容许我独抱入怀的。

就让我在长长的梦里拥抱那些风吧，纵使不能温润满怀，也会落下丝丝缕缕的甜蜜。

2010年6月28日

延安行

从西安往北出发，进铜川，过黄陵，入洛川，经富县，最后抵延安。

进入延安城就进入了黄土高原的山沟，房子沿山沟而建，街道沿山沟而修。可以看出，国家在延安是投入了不少资金的。现代化的火车站，整齐干净的街道，也有不少高楼大厦，但比起南方同等级别的城市，还是显得贫穷落后。延安城是由三个山头组成的：清凉山、凤凰山、宝塔山。山坡底部是砖瓦房，山坡上面仍保留着不少窑洞。导游告诉我们：目前，延安城里还有三分之一的人住着窑洞。

到延安的那天晚上，我和朋友走在延安的路上，心情是极为沉重的。因为延安这个神圣的名字，在我幼小的心灵中便根深蒂固，让我神往很多年。这片苦难而又伟大的土地，她荫翳一代伟人，运筹帷幄，兴兵立国，救民于苦海，浩气振天空。她是灯塔，是航标，是亿万人民敬仰的革命圣地。

老一辈无产阶级革命家居住过的王家坪、杨家岭和枣园等旧址群保存完好，修缮得整齐干净。窑洞、中央大礼堂、军委会议室、毛泽东和斯诺谈话时坐过的石桌石凳……使我们从直观上接受了一次革命传统教育。

尤其是杨家岭院墙内十余棵苍翠挺拔的青松，庄严地隐示着当年革命伟人们文韬武略，以正压邪的自豪与桀骜。步入门槛，宽敞的水泥路面一辅而上，使得昔日伟人的足迹、振世的强音充溢其间。在这里，我们观瞻了建于20世纪40年代初的中共"七大"会堂、当年召开《延安文艺座谈会》的故址、北面山坡伟人打住数载的著名窑洞。在窑洞里，看简陋的居室条件，想艰苦的地穴环境，怎么也不敢认定：当年一代伟人，于此挥洒豪情万丈的胸臆，铁笔谱写震惊天下的华章？寻思当年疾苦，联想今日幸福，忽觉窑洞在渐渐膨胀、增大，大得包容宇宙万物，以致自己就像一粒尘埃，轻轻地飘泛其间。

枣园也同杨家岭、凤凰山、王家坪一样，是当年中国工农红军二万五千里长征胜利到达延安后，伟人们选定的四处工作场所之一。这里又名"延园"，原为陕北军阀宅居庄园，土地革命时期回归人民手中，20世纪40年代初期，前后三年间为中共中央书记处所在地。四面山丘兀立的枣园，地势以山河为衬托，里边密密层层地生长着种类繁多的花草树木，各个建筑半隐半现地点缀其间，颇具江南秀色，堪称延安上乘景致。当年伟人择此办公，同样穴居窑洞内，艰苦情形，依然可见。我虽未目睹王家坪、杨家岭上当年毛主席、朱总司令种的一亩三分地，更未看到任弼时、周总理在轰轰烈烈的大生产运动中纺线用过的手摇把车，林伯渠花甲之年不服老在河滩上种出的糖萝卜，贺老总开荒用过的镢头……但在这里，我却感受到了精兵简政、党内整风、减租运动、大生产带给延安人民的喜悦，更感受到了上一辈革命先驱能够理论联系实际、实事求是、密切联系群众、全心全意为人民服务的优良作风，这正是延安精神的精髓。我脑子里出现一幅幅画面：边区人民扭着欢快无比的秧歌、安塞人民打着最奔放粗犷的腰鼓、勤劳手巧的边区妇女在枣园窗户上贴上一张张精巧细腻的剪纸、《信天游》糅合阳刚与柔媚气息……我的思绪仿佛又飞到了那个遥远而又热烈的年代。

在这些景点走着，我好像看见了20世纪30年代，朱德、毛泽东领导的中国工农红军，冲破国民政府的重重围剿，进行了闻名世界的二万五千里长征。他们从江西出发，渡赤水，破乌江，爬雪山，过草地，历尽千辛万苦，靠两条腿走到延安，保存了革命力量，真可谓九死一生。中国共产党领导的工农红军，依托延安这块革命根据地，不断扩大革命力量，参加抗日战争，把日本鬼子赶出中国，然后又投入解放战争，发起辽沈、平津、淮海三大战役，消灭国民党军队，最后把国民政府赶到台湾，夺取了全中国的胜利，建立了崭新的中华人民共和国。延安和江西的井冈山一样，有着不可磨灭的历史功勋。

延安的窑洞分土窑洞和石窑洞。石窑洞是用石条或砖做成的，坚固耐用。石窑洞是延安人对黄土窑洞的发展和创新，是生存智慧的结晶。而我这里要说的是土窑洞，是革命领袖和革命战士住过的土窑洞，是革命理论家、军事家、艺术家住过的土窑洞。无疑，这黄土窑洞是重要的革命遗址。在王家坪、杨家岭和枣园，看到最多也最醒目的建筑，就是土窑洞了。我每到一处，都要仔细观看这些山沟的土窑洞。窑洞里的陈设，简单到不能再简单，也朴素到不能再朴素。木桌、木椅、土炕是当时最一般的农家都可以置备的物什。

这就是中共高层领导居住过的地方！没有到过延安的人，尤其是年轻人，是无法想象这一切的。毛泽东和他的战友们就是在这里领导中国革命，直至最后的胜利。中国共产党人的革命哲学就是在这里发扬光大的，中国的马列主义就是在这里提炼凝结的，革命的文艺思想、文艺方针就是在这里产生的，大批的革命文学艺术家就是在这里经受锻炼、健康成长的，在中国文艺史上一些起到重要影响的扛鼎之作就是在这里产生的，"黄河大合唱"的壮观场面是在这里诞生的，时代的最强音是从这里发出的。

窑洞是朴实的，朴实得如同一捧黄土；窑洞是不起眼的，如同黄土高原随处可见的黄土峁。不事张扬，从不炫耀，与黄土浑然一体；窑洞是浑厚的，它背靠高山，脚踩大地，坚固牢靠，岿然不动；窑洞是有力度的，是不可战胜的，因为它与黄土地血肉相连，密不可分。延安的伟大、神圣之处，不在伟人所住的几孔窑洞、“七大”会址等，而在于扎根在这里的一群衣衫褴褛、脸色苍白、经历过“苦其心志、劳其筋骨、空乏其身”而神情奕然、胸怀壮志的共产党人，毫无疑问，当他们诚恳、热情地教大字不识的边区农民通过投豆子、举胳膊选出他们满意的当家人，这是比中国历史上金戈铁马、改朝换代更精彩和重要的一幕。因为在这里，中国共产党和广大民众，是在共同实践过去从未走过的一条民主新路，并跳出了历史上所有政权“其兴也勃焉，其亡也忽焉”的残酷的周期率。

“滚滚延河水，巍巍宝塔山”，延安已经成为一种精神和信仰。在这片土地上走一走，看一看，你会感觉到有高原一样的后盾、大海一样的视野、城墙一样的内心，千斤顶一样的力量；你会坚不可摧、势不可当、无往不胜。

2008年10月16日

阳台花

　　虽是陋室，在阳台上种植一些花儿，也会蓬荜生辉的。从去年下半年开始，我家阳台上栽种了水仙、迎春、芍药、丁香、月季、玫瑰、矮牵牛、滴水观音等品类繁多的喜阳性盆栽花卉。我一改往日懒惰的习惯，买花盆、购肥料、加固阳台等活儿全由我揽下，并且当起了"护花使者"。就说给花卉洒水吧，洒多了土壤板结，花卉的根部不能向土壤周围延伸；洒少了不能保证花卉足够的水分。养花，就如同爱一个人，花卉是能够感受到的。我小心翼翼用了毛巾沾水，慢慢地把花卉叶子和根茎淋湿，再恰到好处地淋湿土壤，并且隔三岔五对花卉长势进行观察，像侍候刚出生的孩子。付出和回报往往成正比：月季含苞，丁香吐蕾，玫瑰争艳……整个阳台成了一个浓缩的画廊，人的快乐和家的温馨随着花朵的次第开放而更加浓烈。

　　有天早晨，我的睡梦被一群孩子的欢笑声弄醒。推窗而望，有很多孩子在楼下伸出长颈鹿一般的脖子，对我的阳台指指点点。有的说像个小花园；有的说像老师画的春天；有的说迎春花像在笑呢；有的说矮牵牛多像打碗碗花……

这些孩子像春天里的鸟儿，对着花朵叽叽喳喳、品头论足，让原本静谧的小院欢快热闹起来。中午，阳光洒了下来，将阳台上的花朵们镶上了一道道金边，越发显得娇艳欲滴，聚拢了很多大人在楼下观看，尤其老年人居多。他们一边欣赏，一边赞不绝口："花通人性，不好养，这下好了，院子里有花看了。"真想不到，阳台花还能给大家带来那么多喜悦，让院子里的人们每天快乐得像过节似的。

我原本以为只有人喜欢花朵、喜欢美丽的事物，哪里想到连动物们也喜欢着呢！那俗称花大姐的七星瓢虫飞来了，它们飞着的样子好像是炫耀着身体上七个黑斑和翅基部的小盾片；那些穿着五颜六色花衣的蝴蝶也飞来了，舞动着色彩鲜艳的翅膀。最让我忍俊不禁的是，有一种长得憨憨的却叫不出名字的小鸟特别闲情逸致：它懒散地躺在滴水观音硕大的叶子下，就等叶尖上那滴水落进嘴里呢。阳台上，常有鸟儿来此谈情说爱，我看见一蓝一黄的一对鸟儿，一只站东头，一只站西头，小嘴微翘，嘴里念念有词，好像这些花红叶绿的地方原本就是属于它们的领地，它们把我的阳台当成了快乐和幸福的家园。

是啊，美好的事物应该属于大家，美丽的东西应该有更广阔的舞台，连鸟儿昆虫都知道的道理我怎么就没有想到呢？既然人和鸟虫都喜欢这些花朵，何不为其提供一个欣赏和享受的最佳环境啊！我把我的想法跟爱人说了，我们一拍即合——把阳台上所有的花卉都搬下楼，在院子找了个地方，为阳台上的这些花卉们安了个新家。

2013年3月10日

西安女子

有句古诗这么说：一日看尽长安花。总让我联想到那些瑰丽的花朵就是西安的女子呢。

在这片受传统文化浸润的土地上，养育出卓尔不群的女子是很自然的事情。西安自古就不乏美丽的姑娘，她们有温柔内秀、端庄贤淑、忍辱负重的好品性。貂蝉是陕北米脂人，褒姒是陕西汉中人，留下了"烽火戏诸侯"的典故。还有罗敷，即那位让挑担的、走路的都驻足侧目，沉浸在忘情状态的秦代村姑。

在我看来，西安的女子有一种尚未完全被现代文明浸染的原生气息。这里的女子安静恬淡，柔媚可人，虽然不是每个手势、每句话语都体现出她们娴静脱俗的气质，可她们总能先让人一愣，随后又让人感到一种真情与气韵的随意流露。这里的女子生得柔媚、艳丽，就像一群刚出山林的小鹿，怯生生的娇羞中又带着野性的大胆，无所顾忌地走动着，谈笑着，完全无视都市女子的矜持，只管鲜活生动地表现自己。这里的女人爱美，懂得美在自然和气质，所以西安的女子稍稍装扮一下便能自成一格，并不显山露水但山水之韵犹在。她们在与人接触时，不善于用眉眼传送温情，却能让人感到无尽的典雅和庄重。正如花，香得浓了让人疑为妖冶；花香没了让人觉得无味。西安的女子气若幽兰，徐徐地袭来，沁人心脾，让你一步三回头。

西安人饮食口味偏重酸辣，女子更是如此。醋吃得多据说可以美容，所以西安女子的肤色比较白嫩。西安的女人爱美，但极少有人去健身房的，多数人喜欢健美操、木兰扇，但最简捷的办法还是靠节食来减肥，靠美食来保养。女子的姿色是与生俱来的一笔财富，而西安女子便是古城的宠物与精灵，是名地名城一道不朽的风景。

一方水土养一方人，秦腔高亢激越，信天游悠远单纯，都反映出这块土地上的人们的为人朴实、温厚豪放。西安女子既不妄自尊大又不妄自菲薄，而是始终遵循着自己独特的生活模式。她们表面温柔顺从，内心却刚烈如火，并且轻易不受外界的诱惑。如果给她们讲深圳是多么的现代化，美国是多么的富有，哪怕说得天花乱坠，她们亦未必在乎。在这里，主动搭讪的男子很难博得西安女子的好印象。"四大天王"在西安算不上什么，而推崇崔健的女子却比比皆是。她们以自己青春的眼睛打量着人生舞台，她们尽力在自己的人生中透露出一种"谁说女子不如男"的英武和豪迈。

历史红尘中，这个土地上就不乏巾帼英雄，宋代名将韩世忠夫人梁红玉擂鼓破金车的故事在民间广为流传，并被搬上舞台久演不衰。另一位巾帼英雄花木兰，被认定是延安人。如今延安的万花山下，还有这位女英雄的陵墓和她曾经跑马射箭的演武场。这位代父从军的奇女子，颇能代表我们民族以国家为重的胸怀与境界。在法门寺，你会看到明代告御状的民女孙巧娇双膝在石头上跪出来的石窝，那种刚烈的脾性，代表着陕西女子顽强不屈的品格。这种性格至今依然在西安女子身上流动，成为她们刚烈、炽热如火的一面。西安的成功女子比比皆是，她们靠的是三分强悍七分本领。她们少年时给父母争气，出嫁后为丈夫分忧，老了为儿女操心，堪为女性之典范。

2006年4月7日

乡里乡亲

　　那些祖祖辈辈生活在大山皱褶里的乡亲们，憨厚、纯朴和真诚，没有城里人凭借文化的外衣包裹着的虚荣和虚假，我对他们一直是带着欣赏的态度与仰视的目光。

　　前些年，老家很闭塞，外面开放的风几乎吹不进去，里面的人也不愿意出来，家乡成了与世隔绝的世外桃源。老家虽然贫穷，但乡亲们的形象在我眼里就如那山厚重，那水清澈，那风纯和。我参加工作到城里二十多年来，一直珍惜和保存着对他们的那份感情。有时周末的早晨，一双带泥的草鞋或露出脚指头的黄胶鞋，大摇大摆踏进我一尘不染的木地板上，如果乡亲们带来了小孩，那小孩鞋也不脱地在床上"大闹天宫"，甚至小便就拉在房间的某一处。有时夜里十一点多钟，三叔或二伯撑着湿淋淋的雨伞进来："哈，《薛仁贵回窑》太好看啦，回不去啦，打搅你们俩公婆一晚！"原来他们是来城里剧院看戏的，我和爱人就翻箱倒柜为他们做饭。吃了饭又喝茶，边喝边聊，不纠缠到凌晨一点绝不让我去睡觉。乡亲们是把我家当成了他们家，心与心之间没有隔膜，我喜欢这样的方式。他们的到来或要我找公安局搞个农转非户口或找计生委申请个二胎指标。当然，也有不为事而来的，他们披着山里晨雾，徒步两个多小时，为你送一只黑鸡婆或一两升芝麻、绿豆和干菜。我非贪婪之人，倒不是在乎那些东西，我看重的是乡里乡亲对我的那份沉甸甸的情谊。"亲不亲，故乡人"——我们都盼望他们多来，好让我们在钢筋水泥的城里感受到那来自故乡的清新质朴的气息。乡亲们也把找我办事引以为荣，回到村里还不着边际地胡吹，把我这个"吃皇粮"的穷书生说成有天大的本事。我对他们好，他们也就"有恃无恐"，常做出一些令我尴尬的事情：村里喜伢子找了个对象"看对头"，却把女方的亲戚带到我家来了，一是炫耀他有我这个城里亲戚，另是十来个人的吃喝不用掏钱。我和爱人足足忙活了一整天，才应对第二天的两桌酒席；五婶的儿子在深圳打工，媳妇有身孕了，竟找我带她去医院找熟人做B超，看是男是女。我尴尬脸红，五婶说："你这伢子害什么羞？又不是你和俺媳妇怀上的！"说完觉得不妥，搓着手"嘿嘿"傻笑。很多年前，村里计划生育抓得紧，口号提的是"该扎不扎，房倒屋塌；该流不流，扒房牵牛"——瞎子婆婆的媳妇菊花二胎后又怀上了躲"结扎"，我竟违背国策"金屋藏娇"让她足足住了三十多天，直到孩子生下后抱回村去。三十多天，不长也不短，除了开销我一月工资不说，我和爱人服侍她的苦头就不言而喻了。人是有感情的动物，对于喜欢的人，哪会在乎花钱多少与吃苦多少呢？

每年，我和爱人总是抽一些时间去老家看望父母。回到老屋，总有乡里乡亲到我家来陪我天南海北胡聊，或接我们去他们家喝谷酒、吃土鸡。村里八十岁的老人都直呼我"红哥"的乳名，让我安稳、温暖和感动。每当回城的时候，总有乡亲们大包小包地塞给我们土特产，让我们在孤独的城市里咀嚼着浓烈的乡情。记得有一年，那直通老屋的羊肠小道因前夜下了暴雨满地黄泥，我的摩托车无法开动，村里儿时的四个伙伴竟将车子抬上公路，做农活的满子大爷和拴子姑爷竟也从水田里赶过来帮手呢！这样的镜头，一直缠绕在我多少个梦里。

近年来，由于政策好，老家与外界的屏障打开，成了新农村建设示范点，老家变化很快，成了城里人向往的避暑山庄和享受"农家乐"的好去处。昔日那直通老屋的小道变成了宽阔的水泥路面，路边也如城里街道一样竖起了"S102"路标呢。乡亲们削尖了脑袋或去沿海打工挣钱，或利用天时地利在老家做着小本生意，他们忙碌起来！如今我去老家的时候，乡亲们来串门或接我们去喝谷酒、吃土鸡的机会少了；在村口某一处的某一棵树下，乡亲们伸出黑黑的手送你大包小包干菜的机会少了；以前我和爱人回家遇到乡亲，他们不管怎样忙，不管是在水田还是山上，女人们都会停了手里的活儿夸我爱人如何漂亮，儿子如何乖巧，男人们就跑来递上一支烟或接上我递去的一支烟，坐在路边聊上一会——现在这样的机会几乎没有了。有时在路上遇着了他们，对方也只是点个头或叫你一声就擦肩而过，让你想停下来和他们握个手或者说几句话的愿望也不能实现。那天，同样是摩托车坏了，我在S102路上推着，儿时的好友宝娃骑摩托车经过，只减慢了车速抛来一句："坏了吧？找个车拖到镇上去修修啊？"他分明骑着车却没有半点拖拖我车的意思。也许是怕耽误他们挣钱的光阴吧？我总是想找一种好的理由来替代他们变得冷淡的理由，好让我深埋在心里的那份情感不要因岁月的变化而幻化成空。今年，父亲要我回老家修缮老屋，我想到村里伍哥比较清闲，就请他为我料理一些建房的事情。几天后我出差回来，就听父亲说家里的木料被盗了，派出所查实竟是伍哥所为。可最让我郁闷的是，伍哥的家属又找到我，要我给派出所说情，免得他受蹲"号子"之苦，其言之善、其情之浓，又让我看到了很多年前乡亲们的影子，我将伍哥给保了出来。那一夜，我在老屋里喝着他们以前送给我的谷酒，分明感到这曾经让我回味无穷的液体在逐渐变味。

老家在日新月异地变化，一天天在接近"城市"。乡亲们是聪明的，无论是思想观念还是做人技巧，都以迅雷不及掩耳之势在发生变化，很多我怀念和向往的东西逐渐离他们远去。我回城的时候正是清明时节，如烟的雨幕下，乡亲们正忙着春耕，我看见那开在田野里的说不出名字的质朴的小花，被冰冷犀利的犁铧连根拔起后深埋在地下，转眼间，田野里白花花的一片……

2008年5月5日

第三辑

心有微澜

XIN YOU MINGYUE
DISAN JI
XIN YOU WEILAN

缘分

　　我常常想：迟一分钟或者早一分钟，我就不是爸爸妈妈的儿子，当然也就不可能认识爷爷奶奶，也就不可能有现在的兄弟姐妹，我们都不可能有缘分遇见。你在街上突然遇见一个十几年没有见过的人，你会感到惊讶，对对方说：要不是进城来看看读书的孩子哪里会有缘遇见！但是，细想你会发现，你们遇见的缘分就只是因为读书的孩子吗？如果你早点或晚点离开家门，你和对方也就没有缘分遇见。你们的相遇可能要感谢你家的狗或者猫，是它们不早不晚的一个得意的叫声让你起了床、吃了饭、出了门；也许得感谢天上的一声炸雷、屋后优哉游哉跑过的一只松鼠、扭扭捏捏走过的一只山鸡、天未亮就唱起情歌的一只什么鸟……这都有可能——它们发出的声响，不早不晚并且十分精准地催你起床、赶你出门，才成全了你和朋友的遇见。当然，你和一事一物的缘分也不仅仅就是它们成全的，比方：你上一趟厕所或者不上一趟厕所，你路途上堵车或者不堵车，你在路途中停留或者不停留……经历这些事物所需要的时间，都阴差阳错地决定了你们是否有遇见的缘分。

缘分真是件蹊跷的事儿。你正在走路，飞过的鸟儿不偏不倚将一片羽毛落在你额头，这就是你和鸟儿的缘分。想想看，你徒步行走能够不经意间避开天空飞翔的鸟儿的一点缘分的礼物吗？或者反过来说，就算你懂得鸟语与鸟儿有个默契的约定，鸟儿要想将羽毛击中你的额头怕也是不可能吧？天黑了，有很多蚊子飞进屋来，你有再大的能耐也不能决定第二天飞进来的是相同的蚊子；一粒沙子被风刮进眼睛，你还能遇见相同的沙子和相同的那一缕风吗？你坐在小溪边若有所思，一只憨憨的尖嘴小鱼游到你跟前，甩了甩尾巴，与你对视数秒后，一个后空翻，水溅到你裤腿上，跑了。你还能在相同时间和相同的地点，遇见相同的小鱼再次欣赏到它相同的动作吗？有人走路偏偏摔倒在土堆上，有人走路恰恰摔倒在花丛里……这都是你与对应事物的缘分。

缘分，是不以人的意志为转移的，是过程里无法躲闪的天使，是命里注定的邂逅。无论刻意或者无心、妄想或者如愿、承诺或者拒绝、选择或者放弃——都不能决定它来或者不来。有人问隐士什么是缘分，隐士想了一会儿说：缘是命、命是缘。此人听得糊涂，去问高僧。高僧说：缘是前生的修炼。这人不解自己的前生如何，就问佛祖。佛祖不语，用手指天边的云。这人看云，云起云落，随风东西，于是顿悟：缘不可求——缘如风，风不定。云聚是缘，云散也是缘。

茫茫人海中，独独能够与一个人相爱，非她莫属，情有独钟，痴迷执着得让天地动容，"这个人"就是你生命里逃也逃不掉的缘分。反过来说，生命中无缘的事物，即使你暂时得到了，都不能永恒。比方：你喜欢一只茶壶，视如珍宝，天天拿在手上抚之，赏之，品之，与你如影随形，如果它与你有缘，也许一生陪伴；若是无缘，也许某日碎裂。一盆花也是这样，青枝绿叶，娇艳欲滴，在你窗前引来羡煞的目光，你欣喜和它有缘，可就在你来不及高兴时花在秋天里枯萎，甚至第二年也再无花开，这才是你命里与这盆花的短暂缘分或者说与花的无缘。

在我的老家，有这么个长者，年轻时说媒的人很多，介绍的姑娘中有老师、医生和裁缝，但就是一个也看不上。直到有一天，一个在街上行乞的跛子姑娘被他看上，娶回家来做妻，一生相亲相爱，儿孙满门，这就是命里的缘分。相传唐朝有个姓韦名固的人，一天夜里遇见一个老人倚坐在袋子上，对着月亮翻书。韦固好奇地上前问他是什么书？老人说："是婚姻簿子。"又问："袋里装的什么？"老人说："那是红绳，是用来扣住世间夫妻的脚，不管是仇家或是贫富，也不管相隔多远，只要扣上这绳，终归成为夫妇。"后来人们称月下老人为媒人。传说，把缘分的事情美好和具体化了，多少让人能够找到心灵的慰藉。最让我感动的是年少时听老辈人讲：古时有一个贫家青年和一个富家少女相恋，少女父母嫌穷爱富，不同意他们结合。青年离开后，少女思念成疾而死。她的父亲焚化她的尸体，发现她的心里有一块像铁的东西焚化不掉。经过磨拭，从中照见少女与那青年相对的人形。后来青年回来看见了，泪下成血，滴到这个东西上，立刻化去。此故事凄婉地道出了一个感人肺腑的有分无缘的爱情故事，让古往今来多少有情人为之敬仰和忧伤。

缘分就是这样：太阳能够升腾在天空，太阳和天空就是一种缘分；水能够流淌在河道，水和河道就是一种缘分；你门前平白无故地长出了一株野花，野花和你就是一种缘分；你窗前月亮照着了你的脸，你和月亮就是一种缘分。你走路，你和路有缘；你游泳，你和水有缘；你吃食物，你和食物有缘。你看见的五彩斑斓的世界，你听见的千奇百怪的声音，你经过的林林总总的往事，你遇见的熟悉与不熟悉的人——都是一种缘分。

对待缘分，我是这样的：不来，不悲；来之，惜之。不求无谓的缘，不舍有缘的福。就如泰戈尔所说："如果你因错过太阳而流泪，那么你也将错过群星。"

2015年11月12日

石头

石头是一个人名，我三婶的儿子。

据三婶讲，她怀着石头的时候，总是梦见蛇，让她惧怕了好一阵子。后来村人安慰她：蛇与龙相似，是吉祥兆头，你肯定怀的是儿子。果不其然，十月怀胎产下了石头。

石头五岁那年，光着屁股跟着砍柴的娘在山上玩，一脚踩空了险些跌下山崖去。在跌的一刹那，就顺势扯着了一把柞草，柞草根须不深，很快拔出，石头眼看就要跌入崖底。这时，草丛间一阵风起，一条几米长的菜花蛇蹿到他跟前，尾一扫，如绳如鞭挽在石头腰间拼命地爬。石头上得崖来，只见拉断了蛇尾的菜花蛇慢慢爬入草丛中，浓密的柞草纷纷向两边翻倒，转眼间蛇不见了踪影。石头大喊娘、娘、娘，娘正在远处用刀对付一根枯茶树，听见儿叫，忙跑过来问甚。石头就将蛇救人的过程告之于娘。娘大惊，搂着石头一声儿呀就号哭起来。后来村人知道了，都说是奇怪之事，说石头命不该绝，蛇乃石头的保护神。

事隔十年，也就是石头读初三那年。晚上石头坐在窗前做作业，窗外是青翠的竹山，一轮弯月就如一只小船停泊在那竹枝间。石头就想：坐在那小船里，两手扶着竹子摇啊摇，远比做这想破脑壳的作业要有味多啦！就走了神，呆呆地望着窗外。此时，竹山上人声鼎沸，只听见人群中大喊：刚看见的，我还敲了它一锤子，怎不见了？翻它个底朝天也要将它找到。石头从话语中听明白了，原来是一伙捕蛇人在寻找一条蛇。就在这时，窗前竹子摇动，把一轮弯月也摇糊了，随即似有一阵风起，只听"咚"的一声沉闷的声响，似有重物摔到了窗前的阴沟。石头忙喊娘，娘就捧了个灯盏过来，和石头打开了房门。但见一条滚圆硕长、蛇尾光秃的菜花蛇躺在阴沟里。石头奇了，对娘说：这不是我五岁那年救我的那条蛇吗？娘就我儿我儿的，与石头一人抬尾，一人抱头将蛇抱进屋来，又把追至竹山边的捕蛇人敷衍了过去，就用一只花篮将蛇装了起来。

蛇是受伤了。石头聪明，就用土办法找些药给蛇包扎起来，每天帮蛇找些食物放在花篮里。一周后，蛇伤好了，石头考虑蛇天天睡在花篮里恐不舒服，就将花篮放在了门外，蛇什么时候要睡就睡，什么时候要走就走。娘与儿一有时间就看蛇，这蛇通人性的，抬起头来一会儿望娘，一会儿望石头，眼光炯炯有神，显示出一种亲密。娘觉得好玩，就用秤称蛇：六公斤。

日子就这么过去。石头一边读书，一边与蛇为伴，有时坐在花篮边看小人书，一边看还一边摸那蛇的头和身子，那蛇就如哈巴狗一般撒娇，故意将身子侧向石头这边任他抚摸。有一天，石头对娘说：娘！蛇的身子好软好细呢。娘就一笑，脸落红云，对石头道：俺儿长大了！

石头没考上大学，高中毕业就回家务农了。十八九岁的小伙有文化、多心智，很快就成了村里侍弄庄稼的行家里手，是村里村外姑娘追求的抢手货。二十岁的春上，媒婆带了一姑娘来，模样姣好，在外打工已两年有余。吃了饭后，媒婆就要姑娘陪石头到村上柳树林子走一走，谈谈心，两个年轻人答应了。石头木讷，姑娘在外闯荡过，开明得很，刚挨近柳林边就去牵石头的手，走进林子就抱石头的头，石头也就顺势把那姑娘抱了，手在她腰间挪移，只一瞬，就放下了手，对姑娘说：我们回去吧。

石头没有看上姑娘，不但没看上她，之后与四个姑娘接触过，都无缘相好。村里人就议论了：怕是这伢子书读傻了，不懂男女之事吧？或说：许是读过书的人，眼睛长得高，想找城里人呢。娘有一天把儿拉到火塘边，心平气和地对儿子道：我儿今年二十二岁了，也要找媳妇了，娘什么都不求，只求抱个胖孙子。石头孝顺，不言语，但点头。

第二年秋上，媒人给石头又找了个姑娘，是邻村一民办教师，窈窕的个儿，牛大的眼睛，煞是好看。当晚姑娘就和石头在村子里去看电影，先是在人丛中，后就躲在了人群的最后面……

这年年底，他们结婚了。结婚的当晚，石头还不忘给花篮里的蛇添食物。他打开房门一看，让石头傻眼了：那花篮成了一堆杂乱无章的竹片，蛇也不见踪影。石头迷惑了一阵子就关上房门与新娘子说话。姑娘搂着石头说：你能告诉我一件事吗？石头说：你说吧。新娘子就问：你以前接触的几个姑娘不但人好而且家底殷实，为什么你都没看中呢？石头沉默不语。不语不是不想说，而是不好说。石头能说她们的皮肤还不如蛇的皮肤细腻、她们的身子还不如蛇的身子柔软吗？石头不敢说啊，就说了句：她们没有你乖，没有你有文化呢！

第二年九月，石头喜得贵子，娘高兴，将肉身放在弹簧秤上一称：六公斤。

第三辑
心有微澜

人生如茶

　　握一杯绿茶静坐于窗前，茶的清气与书墨的幽香笼罩着周身，此时，我觉得自己是个富有和幸福的人。在茶的浮与沉之间，我感受到了生活的色彩和人生的真味。

　　春天里那刚萌发的新茶，探出尖尖的脑袋，痴迷着高远的天空，青翠中透着纯净，碧绿中挂着无邪，多么像我们的童年啊！

　　一杯刚刚泡上来的茶，茶叶在涉世未深的茶水里懵懵懂懂地上蹿下跳，那不谙世事的莽撞劲儿，何尝不像我们青涩的少年和青年。这时，别以为你进入了社会这杯大茶水就庆幸理解了生活、拥抱了生活的全部，还早着呢！你不过是浮在水面上的一片小小的茶叶。杯有多厚，水有多深，够你死去活来地去折腾你的生命之水。

　　茶叶浸泡一段时间后开始慢慢进入到杯子的中间，这时，你生命的中年已经来临。少了些莽撞，多了些成熟，你浸透了生活的味道，浮上去很难，想沉下去却易；茶香酽酽的，生命的色彩一片金黄，味道回味无穷。这个时候，梦在继续，力在散发，求索的触角在杯的四周延伸。

当你来不及好好品味的时候，很快地，茶叶已经沉淀至杯底，人生的暮年不期而至。生命的色彩变淡、变清，如同一杯清水，芬芳荡然无存，多少甜蜜的往事或消失殆尽，或沉入杯底。你只有在人生的杯底慢慢咀嚼沉淀的过程，感慨"古今多少事，都付笑谈中"。

请仔细端详一杯茶吧！茶叶不同，杯中的茶水色彩亦不相同；做一片什么样的茶叶，取决于你的品质和人生态度。做一片碧螺春，馨香这个世界；做一片铁观音，强悍你的人生；做一片普洱茶，让世人收藏你的品质；做一片西湖龙井，让世人感受你的柔和与纯正。或者，就做一片无名无姓的普通茶叶吧，让世人感受你的绿……有幸趟一回人世这杯大茶水，做什么都可以，万不可做一片虫蚀、霉变的茶叶。

一片茶叶看起来虽是那样细小、纤弱，那样的无足轻重——如同人短暂而渺小的生命，但却又是那样的妙不可言。当它放进杯中，一旦与水融合，便释放出自己独特的颜色，完成自己的全部价值。人也如此：无论富贵无论贫穷或早或晚都要融入这变幻莫测的滚滚红尘，走完自己的人生。命运不会刻意地留心每一个人，就像饮茶时很少有人会在意杯中每一片茶叶；人生不是因为别人的在意而生活，而是力求在交融的过程中释放了自己、健康了他人，清新了世界。无论青涩的少年，浓郁的青年，金黄的中年，还是沉静的老年，茶之美，就在于那分心安理得的淡泊，以一颗如茶水般纯净恬淡的平常心去感知世界，看待人生，抵达遥远……

茶，喝的是一种心境，品的是一种情调，享的是一种过程。品茶就如同生活，选择什么样的茶，就如同选择了一种什么样的生活态度和人格操守。在喧嚣的世界里，能独守一隅静心品茶之人，不会惊叹一杯茶的浓与淡、苦与甜、热与凉，更不会在乎尘世的名与利、得与失、悲与欢，看见的和想到的往往是"从来佳茗似佳人"。

茶的真味就是人生的真味。

2006年11月6日

神枪手

　　拐子叔是村里出了名的神枪手，都这么说，我也就这么认为。早年他当过兵，据说参加过抗美援朝，有三点可以作证：一是有一枚印有金日成图像和一枚印有毛主席图像的勋章；二是能唱"雄赳赳气昂昂，跨过鸭绿江"；三是走路一瘸一拐，弹片在左腿里一直没取出来呢。

　　我那时候年小，有关他的事情知晓不多，只知他家很穷，有一妻，三个儿女，一对老父老母。农闲时，他就上山打些猎物拿到镇上卖了贴补家用。家虽穷，但他很快活，尤其喜欢俺伢儿们。我小时候常骑在他脖子上从村南走到村北，过足了一把神气瘾。我经常看见他摆弄自制的鸟枪，但不许我们伢儿碰的，即使是他上山打猎带上我，都得让我离他屁股五米之远。他说自制的鸟枪不正规，危险，弄不好火药冲不出去在枪筒里爆炸也是有可能的。

　　有一天，城里一青年扛着气枪来我们村里打鸟儿，鸟儿打得不多，但老是向村民炫耀他枪法了得，惹得大人、小孩在他屁股后面跟着。拐子叔看不惯他骄傲，对他说：你的枪法好个屁！那青年说：那要怎样？拐子叔不说话，接过他的气枪，对着不远处树枝上站着的几只鸟，找了个角度，猫着腰，一扣扳机，"嘭"的一声，三只鸟掉了下来。那青年和我们都觉得好奇：你枪法再好，一颗铅弹打进鸟儿身子，子弹不会跑出去再击中另一只鸟吧？拐子叔把气枪递给那青年，只抽烟，笑笑，并不多言。那青年把三只鸟捡来一看：每只鸟头皮上都带着血迹。这时，拐子叔说话了：正因为子弹不能穿透鸟的身体，我就只打鸟儿的头皮，让它们都挨一下，不说鸟儿的头，就是人的头也经不起子弹一碰哩！这时，那青年满脸猪肝色，把气枪往地上一丢，对拐子叔说：不打了，老子把枪送给你！就跑得无影无踪。

有一年冬天的晚上，下了雪，拐子叔背了那气枪带我去打猎。拐子叔说：今晚只打两种鸟：一是竹鸡，二是麻雀。并还说：叔可以肯定这个时候竹鸡呆在樟树上，麻雀待在竹枝上。行至长满竹子的水库堤上，拐子叔用手电筒在地上仔细地照。我问道：拐子叔你打鸟在地上找什么啊？拐子叔对我说：找麻雀粪便呢！如果有粪便，你顺着往上看，那麻雀就坐在竹枝上。果然找到了鸟的粪便，我顺势向上望：那竹枝杈上端坐着一排麻雀。拐子叔对我说：你来打。我慌了：打不中，俺没打过啊！拐子叔笑了，抬手将竹枝轻轻往下扯，那鸟就在我头上不远了。拐子叔说：你用枪管对着麻雀的屁股打总可以吧？我又问：这些鸟怎么不跑呢？拐子叔说：风在吹，雪在下，扯竹枝轻微的动，它知道个屁啊！我就用枪管对着一只麻雀的屁股，一扣扳机，那麻雀掉了下来，其他麻雀听见响声就飞走。拐子叔夸奖了我，说我枪法准。我脸红了：还准呢！用枪管也能戳死麻雀的。拐子叔就笑：也不能这么说，能打死鸟就证明你不错，只是麻雀比竹鸡灵敏，听到响声就跑了；竹鸡笨，你打落一只，其他的心甘情愿等着你打呢！后来，在一棵樟树上果然找到了竹鸡，拐子叔果然将树上的竹鸡一个不漏地全打下来。我越发佩服起拐子叔来：一是佩服他的枪法，二是更佩服他的神机妙算。

话说村里（那时候为大队）有个副书记，为人歹毒，常常想方设法鱼肉村民，村民敢怒不敢言，别的就不说，单说他强奸很多农村妇女就该枪毙他一百回也不为过。

某一年，县里要开展公社（现在为乡）农村民兵射击比武，一村派一个代表参加，哪个村比武进入前三名，该村支部书记进公社革委会班子，分管民兵的副书记任大队支部书记。我们大队分管民兵工作的就是这位人见人恨的副书记，他急了：因为村上的民兵都是一群乌合之众，斗地主时用枪托敲打地主的屁股还可以，搞射击，篮盆大的东西也打不着。副书记就想到了拐子叔（拐子叔却不是村上民兵），亲自上他家一边夸奖他贫下中农思想好，一边给他交代任务：代表本村参加比武。拐子叔平常就没有好脸色给他，这时，他沉闷不语，只低头抽烟，老久，才吐出一字：行。把个副书记高兴得要死，并当场允诺：得了冠军，你进村里民兵营当营长。

那年冬天，射击比武在李家冲生产队队部举行。来自全公社十名射击能手齐刷刷地站在队部院子里。观摩的领导有县革委会副书记、县武装部部长、各公社书记以及各村分管民兵工作的副书记等十多人。主席台就设在队部房子的走廊上。走廊的顶部，是些麻绳悬挂着的水车、风车、打稻机等农具。俺村那副书记就坐在打稻机下面，显示出很得意的样子，还没分出输赢呢，自己就仿佛成了大队支部书记似的。

拐子叔抽着烟，心不在焉地低着头来回走动和射手们说着话，一会儿望靶位方向，一会儿向周围巡视，一会儿朝主席台紧瞅。他想什么呢？他紧张吗？是有压力怕拖了村上的后腿？别人无法知道。

比赛按报名顺序进行，拐子叔排在最后。每人发五发子弹，按命中环数确定成绩优劣。

也就一个多小时吧，前面九个村的射手射击结束了，现在轮到拐子叔了。

只见拐子叔不慌不忙俯卧身子，将一颗子弹压进枪膛，眯着眼睛瞄准靶心，一扣扳机，中了个十环，全场一片欢呼声，如此三发十环，第四发为九环，把台上的俺村副书记乐得一拍茶几，高叫一声：好！茶杯震落地上破碎，随后他干脆站起来，叽哩哇啦看最后一颗子弹射击的效果。第五颗子弹被拐子叔推入枪膛，拐子叔依旧俯卧身子，眯着眼睛作瞄准状，只是磨磨蹭蹭地不见扣动扳机。老久，"嗯儿"一声，靶子没中，靶子旁边的石头上冒出火星，几乎同时，主席台上"咣当"一声闷响，人们回头看：那打稻机不偏不倚压在了俺村副书记身子上，已是一命呜呼。顿时，会场大乱，嚷声一片。

事隔不久，一辆县上的军用吉普车开进会场，走下来几个穿军装的人。他们对现场仔细进行了勘察，对拐子叔的枪以及落下的弹壳尤其是最后一颗子弹进行了认真检查。最后，向台上的县革委会副书记报告：拐子叔最后射出的一颗子弹系一枚臭弹，因未击中靶位落在了岩石上，反弹过来将系打稻机的麻绳击断，致使大队副书记毙命。并进一步阐明：就连战场上也可能出现"臭弹"现象，不能怪拐子叔。

此事就这样过去了。只是村里人纳闷：臭弹怎么恰好就遇到了拐子叔呢？即使是臭弹，拐子叔也能击中靶心啊？即使是臭弹碰在石头上又怎么刚好弹回击中打稻机上的麻绳呢？为什么不是系水车、系风车的麻绳呢？拐子叔莫非事先准备好了一颗臭弹换了真弹？村民纳闷归纳闷，却并不外说，都为除了村里一害而高兴。

很多年后，我长大成人，学会了台球，且球技在县里数一数二。有一次我和哥们比赛，我拼了老命，虽然成绩居前，但还是不敢肯定我能得第一。也就是说：台上最后一个15点的花色球如果能入袋，我就能稳赢，但此球被另一球阻碍着。也许是急中生智，在没有办法的情况下采取了以下打法（我以前从未这样打过）：选好角度，以白球撞击球桌边框某一点，再反弹过来撞击15

号花色球，花色球不偏不倚落入中袋！

这是几何学和力学运用的最好范例，非高手所不能。

我算是服了没有读过多少书的拐子叔。

2009 年 4 月 7 日

做一个掌坛的道士

这个志向始于我读初二时，那年我十三岁。

那时，我看见村上"老人"了，都要请道士来为亡人超度亡灵，那掌坛的道士就特别地受人尊重，也特别地得意和神气：嘴里叼着一根香烟，眼睛上戴着一副墨镜，一只手将一把"收纸扇"时而开启，时而闭合，发出"卟卟"声，一只手用标准的柳体书写挽联或经书。最诱惑也最激发我要成掌坛道士的主要因素是：这些道士能大口喝酒、大口吃肉！于是我想：一定要做个掌坛的道士，做不了掌坛的，做个普通道士也行哦。

我是一个心口合一且急性的人。我知道，要成为一名掌坛的道士，其他的"神气"不难做到，关键是要能写一手好字，能撰一副好联（我那时年幼，不知晓有对联书买，那掌坛的道士所写之联都是从书上抄来的）。于是，第二天我就买来了笔墨纸砚。短短一年里，我练完了柳、欧基本运笔技巧，还习了王羲之、赵孟頫等名家名帖。我练字的窗前有一片竹林，每每习过的字纸就捻成团状向上面丢去，一年下来，那一个个纸团埋住了竹子一米多深，远远望去像一座雪山似的。

字练得差不多了就学撰联。"云对雨，雪对风，来鸿对去燕，宿鸟对鸣虫"——一本爷爷传下来的《声律启蒙》让我背了个底朝天！撰联的功夫自认为超过了那掌坛的道士。乡亲们知道了我能写好字能出好联，除了"白喜事"非请道士外，村里大凡结婚、祝寿之类的"红喜事"都请了我去。有一人家结婚，新房挨着橘园，新房门对着池塘，我心生一联："门前池塘鸳鸯舞，家旁橘园彩蝶飞"，引得乡亲们称赞。但也有让我犯难的时候：有时乡亲们快活，非要我作一副对联戏说洞房里新郎新娘的"事情"。我那么小，哪知道"洞房"的真正含义，就红脸实答作不出。旁边一大伯就"教唆"我："新郎新娘入洞房后嘛，就是新郎新娘两个人望着笑，然后吹灯，然后解裤带睡觉啊！"于是按其意心生一联："二目传情解裤带你躺外面；双口吹灯散被子我睡里头。"乡亲们看后大笑，大伯一副老花镜都笑掉了："你个蠢小子！新郎新娘有这么睡觉的吗？你爸你妈当年要是那样睡觉，怎么会有你哩！"娘就在旁边笑骂他们："缺德！和伢儿都说不正经话！"我怕乡亲们说我"不聪明"，就将"睡觉"的事情删了，将此联改为"二目传情双得意，双口吹灯二真情"，大伯见了说道："唉，也蛮好了！你小子又没入过洞房，怎会写得那么神灵活现哩！"

后来，我的字、我的联功力与日俱增，自认为是能当道士的料了，我将我的"志向"对爸妈讲了。妈妈扛着锄头大热天里正准备去锄草，听我一说，将锄头一丢："你个砍脑壳的！聪明的戏子，蠢死的道士，你学那有出息吗？好生读你的书，学了本事保你将来有肉吃！"爸爸一边抽烟，一边像求我："这么的好不好？再苦再穷每月砍一斤肉你吃！学道士的事不准再想了，你的好字好联，以后会有用途呢！"

还是爸爸妈妈说得对，虽然没成道士，但我现在字与联或多或少发挥了作用。字写得满意时就送朋友，朋友感谢你给你烟抽或请你酒喝，抽烟和喝酒的问题就不愁了吧？哪里有对联征稿我就积极参加，奖金用来全部砍肉打酒，也是一件很过瘾的事情。另外，撰联还锻炼了我咬文嚼字的能力，至少在写工作总结时不出现语言不通或用词不当的毛病。更重要的是：写字撰联陶冶了我的性情，丰富了我的想象，只要笔与纸接触，便是宠辱皆忘，唯我独尊了，生活中的什么恩与怨、得与失、名与利也都烟消云散。眼里看到的是心在纸上的纯净，人在字里的端正。

2006年11月5日

美丽的小女孩

我到一个偏远山村做扶贫工作时，遇到过三个美丽的小女孩。

大女孩高高的个儿像一根苎麻秆，头上结着一对"冲天炮"辫，笑时露出两颗洁白的虎牙；二女孩黑黑的肤色像苎麻汁染过似的，齐耳的"运动头"短发随着走路的姿势上下拍打；小女孩瘦瘦的，一笑，不见了"大前门"，显露出滑稽的模样。她们贫穷着，但快乐着，破旧的衣服不能掩盖她们无忧无虑的天真和对美好生活的向往。

大女孩端着一碗饭，饭上面只放了一团豆豉和少许腌辣椒；二女孩用手握着几个红薯粑粑；小女孩捻着毛巾包裹着的一个饭团。看得出，这是她们在学校时的中餐。

大女孩说话了："哎！快走快走，我还有数学作业没有做完呢！昨晚奶奶发病了，我侍候她多半夜，实在没时间做。"

于是大家快走。一会儿，二女孩对大女孩说话了："娥姐！真是怪事，我才吃了早饭，现在好像又饿了，怎的？"

大女孩说："菜里没油呗！你爸妈好小气，做菜总是舍不得放油！"

二女孩不高兴了，噘起了嘴巴："俺爸妈有你爸妈小气吗？有天中午你家请客,没吃完的一碗肉,你妈马上端起锁进了柜子,你和弟弟肉气都没闻到吧？"

"这是小气吗？"大女孩反问道，"第二天我家来木匠给我弟弟修课桌呢！木匠得吃肉呀！爸妈哪来那么多钱砍肉！"

听这一说，二女孩好像理解了，气也消了，说："俺爸妈说不节省不行，俺家收获的油大都挑到城里去卖了，爸妈要攒钱供我和妹妹读大学呢！"

小女孩插话了："快走快走，莫尽顾说，都不是小气，是因为穷，穷有啥好说的！"

"嗬！你嫌穷吗？有本事你考初中考到城里去呀？"两女孩半笑不笑地对小女孩说。

"咯也说不定呢！上学期我考了双百分哩！"

大女孩不作声，二女孩嘴不饶人："嘿嘿，就算你能考进城里，那你也有一个缺点，怕在城里读书不行的！"

"什么缺点？你说。"小女孩扬起脸天真地问。

二女孩一边抿嘴笑着，一边紧走两步和她拉开了距离，有板有眼地说："尿—床—呗！"

大女孩也笑了起来。小女孩一脸彤红，捡了一块泥巴朝二女孩掷去，骂了句："坏死了，不跟你玩了！"

大女孩懂事，把话题岔开了，对二女孩说："兰兰，你饿了，就先吃一个粑粑嘛！"

"才不呢！总共才三个，等会儿中午吃又少了，放学没劲走回家哩！"二女孩说道，并站着等她们。

小女孩乖巧，想掩盖刚才的羞涩，故意将手中的饭团从左掌心丢向右掌心，又从右掌心丢向左掌心，自娱自乐。没多久，大女孩从路边捡起了一块绿色胶片，那是一块装"雪碧"饮料的瓶子碎片。

小女孩见了，跑过去从她手里夺了过来，拿着在眼前晃了晃，好像有所发现，在衣服上擦拭了几下，就扣在眼睛上对着山冈上的景物看起来："妈呀！好美丽呀！我长这么大，都没看到山冈上有这么美丽的景色啊！"绿色的胶片通过光的反射，把一切景物都美化了，小女孩感到很神奇。一块小小的绿色胶片，就如同城里孩子玩五颜六色的小小玩具，使她们的童心展开了无穷想象的翅膀。

二女孩见她惊叫，一把抢过来，也扣在眼睛上看了起来，同样惊叫道："天呀！比电影里的景色还好看哩！"由远及近，又由前至后，三百六十度看了个够，好像她们拿的不是一块胶片，而是一台摄像机。大女孩也耐不住了，"我先捡到的，你们还老是看！"就夺了过来扣在眼睛上，"哇！真美丽呀！咯样的美，我长这么大，以前都只见过一回哩！"两个女孩听大女孩说"以前见过一回"，都异口同声地问："娥姐在哪里见过？"大女孩还在专注地看着，没在意她们的问话。

小女孩急了："哪里嘛！你吹牛！"

二女孩也帮腔："是吹牛，娥姐吹牛不要本钱！"

大女孩将胶片从眼睛上摘了下来，脚一跺，手一扬，大声说："谁骗你们两个小不点呀！告诉你们吧：去年我爸在镇上交公粮，回来给我买了一个夹层的文具盒，我喜得要死，夜里就做了个梦，那梦里的美丽就跟刚才看到的一样哩！"

两女孩相信了，都点了点头："哦？这还差不多！"

小女孩眨了眨眼，长长的睫毛上下忽闪着，好像既憧憬又不服气似的说："娥姐能梦到，我以后也会梦到的！"

二女孩笑道："那你加劲呀！考到城里了，高兴得怕天天做这样的梦哩！每个梦里，都不要少了我和娥姐哟？"

三个女孩都大笑起来。

她们刚从我眼前走过，我受感染，也从地上捡起一块"雪碧"瓶碎片扣在眼睛上看了起来——啊！映入我眼帘的那三个女孩好美丽，可以说，她们是我见到的最美丽最美丽的女孩。

2005年5月3日

坛子菜

我一直记得老屋东边厢房的土墙下立着几个古色古香的坛子，母亲总是像变戏法似的，从那些坛子里面变出我们爱吃的菜肴。

坛子里装的大都是菜园种的蔬菜，但能干的母亲隔三岔五用坛子做出油腌蘑菇、盐竹笋、糯米辣椒、粑粑鱼、咸鸭蛋等"名菜"。因为家里太穷，除供我们兄弟姐妹读书外，实在是拿不出多余的钱买菜了。为了解决一大家吃菜的问题，新年红红的爆竹屑还在院子里堆着，母亲就脱了棉衣，把薅锄、挖锄和栽菜刀磨得光亮，穿了露出脚趾头的黄胶鞋，踩着料峭春寒去了菜园忙碌。母亲的菜园是极为整洁和光鲜的，蔬菜的品种也极为丰富，春夏秋冬都有赤橙黄绿青蓝紫的蔬菜向村人展示着。春天是蔬菜的淡季，但母亲的菜园里早早地就有了葱、小白菜、韭菜、莴苣和卷心菜；刚立夏不久，我家就最先吃到了辣椒、黄瓜、番茄和茄子；秋天很多人家菜地荒芜了，而母亲的菜园里白菜苔、齐心白、扁豆和豆角还青翠欲滴呢；冬天人家把时光用在了闲逛或者坐在火炉边打牌上，而母亲常常是顶着老北风去菜园侍候她的胡萝卜、花菜、大白菜和菠菜了。

菜园那些新鲜的蔬菜吃不完，母亲就一篮篮摘回、洗净，在忙碌了一整天农活后的夜里，忍着腰酸背痛，将菜切成条状或块状，晒上几个太阳后就收入了那些坛子，菜的芳香就飘满了小屋。儿时，我常常在母亲那无休无止的切菜声里进入了香甜的梦乡，好像感觉母亲一个晚上没睡几小时似的。母亲的坛子菜分为三种：一是水坛子菜。首先将买来的坛子用火熏干，再将早准备好的"老酸水"放置坛内，最后将那洗净的譬如刀豆、萝卜、黄瓜、藠头、辣椒、蒜薹、洋姜、莴笋等菜丢进坛子里，再盖上盖子，在坛沿上倒上一圈水将坛盖淹住密封，过上一段时间就可以吃了，哪怕放上一年也不会坏味，只不过是过于酸透而已。如果你想吃嫩点的，两三天也可以拿出来吃，但不如泡透了的味沉。二是湿坛子菜。蔬菜不必晒干，也不用酸水浸泡，直接将蔬菜切好后，再伴以黄豆豉、姜丝、辣椒粉、胡椒、味精、盐等一干佐料，放入坛中腌制既成，可生吃也可以炒了吃，既鲜又脆。三是干坛子菜。把譬如茄子、豆角、辣椒、黄瓜皮、嫩南瓜、刀豆、萝卜等蔬菜洗净切好，晒干后放入坛中，十天半月后拿出来时，香气扑鼻，时间越长，其香味就越浓，因其成分复杂，所以在老家又名为杂菜。在坛子菜中，我们最喜欢的是杂菜，味道多而杂、沉而香，像极了母亲对儿女的一腔心血。

母亲一天天在老去，都快被岁月腌制成了干坛子菜！我担心母亲在菜园摔着，经常劝母亲："市面上什么菜都有买，还种那些菜干什么哦！"母亲或笑笑，或一句轻描淡写，"娘还能动呢！"

母亲在，家就在。逢年过节我们团圆在母亲的身边，每当吃到母亲做的坛子菜，就吃出了一种浓浓的母亲的味道，那种让我永生依恋、回味而又担心失去的味道……

2002年3月8日

手机

　　我是从不久前智能手机坏了拿去维修十多天时，想到要写这篇小文的。没有了智能手机，我就用了原来一个诺基亚旧手机代替通讯。刚开始一两天还真是有些不习惯，最主要是手机不能上QQ，不能发微信、微博和博客，更不用说进网站浏览新闻了，好像整个人进入了一个黑洞，不知道了外面的世界。并且，好像还影响到了人的情绪、思想和言行呢！我当时就从心里冒出一句：狗日的手机，还真是缺少不了它。

　　开始几天是那样的心态，并盼着手机快点修好，但过了几天也就慢慢地习惯了，甚至还欣喜了。心想，不玩手机不上网不发微信会死人吗？几天过去后，我确实把那手机给彻底忘却了，以至于维修商打电话给我说手机修好了时，我竟宝里宝气说了句"就修好了啊"。

　　在那手机离开我的时间里，我把时间用在了写字和作文上，用在了陪爱人逛商场和散步上，用在了回老家陪母亲喝茶和摘菜上，用在了和朋友们饮酒聊天上。没有了那鸟东西，感觉到了无比的安静和自在，我好像又属于我自己了。

在那段时间里，我感受到了很多年来没有感受到的事情：我发现了乡下的一棵树上有一个脚盆大的喜鹊窝，一群喜鹊叽叽喳喳在夕阳下的炊烟里往来穿梭；我目睹了早晨升起的太阳最初是在山上一棵树丫上屏声敛气，突然使劲儿——"唔"地蹿出半个涨红了的笑脸；我看见了冬天里的天空虽不及春天那么碧蓝，但是更加的纯净和辽阔；我在夜里听见了屋后竹山上有露水滴落的声音和松鼠们踩着枯叶追打嬉闹的声音……我逛了很多次公园，看见了月亮迎面而来几乎要撞进我的怀里；我在文化城那"4D影院"破天荒看了那快乐得心都快蹦出来的立体电影；我在南正街路口吃到了十多年未吃过的新疆烤羊肉，并学着新疆人拉长调子"嘘——儿"一声惹得那新疆人笑得如炭火般鲜明；我在东门铁匠巷一处夜市摊吃了一顿让我大汗淋漓的四川麻辣烫；我在老家那棵香樟树下看见了一只小猫和大猫闹着玩耍牙齿咬着牙齿，让我惊奇从来不刷牙的猫其牙齿怎么那样的雪白。最让我欣喜的是，在一天中午正想闭目养神时，看见了一只红嘴绿翅的鸟儿小心翼翼走进鸡笼和鸡们争抢食粮……这些，都是如今的我很少见到的。我突然意识到，原先把光阴花在手机上自认为很正常的事是多么的不正常，我不禁对我以前拥有智能手机感到有些惋惜和羞愧。

想想看，当一个人拿着一个智能手机的时候，谁不是将大把的时间用在了毫无节制地从网上下载和转发那些鸟意义都没有的乱七八糟的段子、图片和文字？有商品促销的；有明星名人绯闻的；有包治百病的方子；有怎吃怎喝的指南；有怕你是白痴教你怎么系围巾的；有怕你是痨病教你怎么滋阴壮阳的……垃圾一样堆砌，洪水一样泛滥，让你整天全身心深陷其中不能自拔。一个智能手机，还让你没完没了地玩录像、拍照、彩铃、彩图、模板、游戏、制作……好像你生下来就应该要做这些事情似的，好像这些事情就是你生活的主流。再想想，当你和家人、朋友聚会聊天时，谁又不是置对方视而不见或是心不在焉地一边穷于应付一边将一个铁匣子举在手上点个不停？当你在会场里、宴席间甚至是上厕所时，谁又不是全神贯注对着一个铁匣子无休无止睁大着眼睛在屏幕上看来看去？那种对一个手机的死心塌地的惨状，让人感觉到人活了今朝没明朝似的。小孩子玩手机没有大人那么复杂，他们只是好奇，顶多玩玩游戏、看看动画，而大人玩手机纯属无聊了。当一个人无聊透顶的时候，便会想方设法、抠破脑门地寻找一些乐子，与其说是打发时间，倒不如说是内心空虚。

忽然觉得玩手机就好比抽大烟，虽然性质不同，但道理同辙，两者都会上瘾。当然，抽大烟是有一定时间观念的，而玩手机并无时间观念，只要一手有空，一眼有隙，便可以玩个痛快。抽大烟跟玩手机有个共同的地方，不管你躺着卧着或者坐着站着抑或是闲着忙着，都可以随意运作。现在的人上个厕所可以忘了带纸巾，但一定不会忘了带手机，只要游戏不闯关或是微信不发出，绝不走出厕所门，整个人变成了手机的奴隶——一个铁匣子隔断了人世间多少亲密的交谈和多少幸福的时光！

智能手机让我厌恶的还有，这个冷冰冰的家伙竟然教会了人怎么逢场作戏。就以微信为例吧，当朋友圈里某个人发了一组图片或文字，如果看了发表一些赞美性的话则无可厚非，但有人根本就没看，却随便廉价地一"赞"。我记得的就有一个朋友在圈里发了一句感冒头痛的话，其中另外一个朋友却很快地点了个"赞"；有一个朋友在圈里发了母亲去世的消息，而另外一个朋友也是迅疾点了个"赞"——连内容也不看，逢场作戏和自欺欺人。除此之外，手机的发信息功能也让人心生寒意——逢年过节，常常收到无自己姓名但文字如天花乱坠的群发信息，明眼人一看就知道，这些祝福的语言不是为你量身定做，而是人人都能共用的玩意。说白了，当对方发给你的时候也许压根儿就不知道你是何方神圣，即便是发给你的，那也不是发自内心的，而是廉价的情感的赝品，不看也罢。

最近，我在报纸上看到了工信部发布的一份报告，报告指出："我国手机用户数量目前已经突破了10亿大关，4G手机、宽带上网两大群体的用户量均已经接近1.6亿。"我为手机在中国的快速发展感到无比自豪的同时，也仿佛看见了中国人民正在齐心协力伸出五爪共同对付一个手掌大的铁匣子的壮观景象……

2012年1月9日

甜味

我于奶奶的孝，当时在村里是出了名的。

这么说吧：如果我省吃俭用积攒了五个分币，在镇上买了三个香甜的苹果，对于第一个苹果，我会像饿狗抢食似的在不到几秒的时间内连骨带核吃进肚里，然后拿出第二个苹果送进张大的嘴巴时，手就收缩了回去，心想：我如果将这个苹果吃下，那奶奶岂不少吃了一个？我吃的机会还多着呢，奶奶老了，还能够吃几年呢？因此每当放学后拿出两个快被我捂熟了的苹果给奶奶吃时，其中的一个必然是带着两排深深的齿印。

我和奶奶也并不是一年四季都风平浪静，也有硝烟弥漫的时候。小孩气大，老人也一样。上午吵了架，下午奶奶还不理我呢。可是，这样的情况要是挨到晚上我就慌了：要是这般情况我睡觉去了，明天一觉醒来，奶奶突然死去了怎么办？那于我、于奶奶不是都留下了一个无法弥补的遗憾吗？因此我总是在深夜睡觉之前，嬉皮笑脸地走到奶奶床前主动和奶奶讲和，故意两手叉腰，弓着脊背，脸凑近奶奶左一晃、右一晃，逗着她笑，奶奶就搂着我在脸上重重地亲了一下。我对奶奶说：还气不？奶奶说：还气。就又在我的脸上重重地亲了一下：不气了，你睡去吧——原来奶奶早就没生气了呢！

那样的夜，我就睡得特别的香甜。

奶奶是一个和蔼可亲、深明大义的人。对我们疼爱，对母亲也如此。那时我父亲在县上工作，家里的重担全是母亲一个人承担。奶奶总是步履蹒跚地尽可能为母亲多做一些家务情。父亲有时和母亲吵几句，奶奶总是大骂父亲，说着父亲的不是。奶奶死后，哭得最厉害的是母亲，一句"我的亲人啦"让我懂得了什么叫婆媳之间的深厚之情。奶奶不但在家里享有崇高的威望，在村里也是老人们中间的"大姐大"，老人们之间有什么摩擦，总是第一时间让奶奶知道，让奶奶给摆平。

我四姊妹中，奶奶对我疼爱有加。有次她去镇上姑姑家小住几日，回来时竟跌跌撞撞到了我们学校。一根拐杖"砰砰砰"将教室门敲得脆响。老师开门问奶奶找谁？奶奶说找俺二哥（我的小名）；老师问二哥是谁？奶奶说是俺孙儿；老师问孙儿是谁？奶奶字正腔圆地说出了我的大名，老师和全班同学都大笑起来。老师又笑着故意问：您找您二哥有什么事情吗？奶奶不急不忙：也没什么大事情，就是我给他在供销社买了点"猪耳朵"和"牛屎根"（副食品的俗名），俺二哥最爱吃的。又把老师和同学们惹笑了。我赶紧离开座位跑到讲台前将奶奶搀出门。在校园里，我生气地对奶奶说：我在上课呢，你不是出我的丑吗？搞得我好没面子的。奶奶眼睛眨也不眨地望着我，像不认识我似的：你一没偷二没抢，咋就没面子了哩？我这么老远地摸来，问了六个路口，仅在学校就打听了七个人，找了十多间教室才找到你，容易吗？我嗫着嘴望着奶奶，看见她坐在草地上揉着走痛了的"三寸金莲"，脸色苍白而又慈祥，一时间，我的眼里噙满了泪水，再也不知道该对奶奶说些什么，只有用行动表示对奶奶的全部理解：我将那些副食品包打开，也顾不得上课了，风卷残云般将它们吃了个精光，足足吃了半个多小时呢！我还记得那天太阳温暖地照着，奶奶眼睛眨也不眨地望着我，整个空气里都流动着浓浓的甜味。

在我十四岁之前，奶奶的身体还算可以，我十五岁后，奶奶的身体每况愈下，最后只能完全躺在床上了。照顾奶奶的重任白天是母亲，夜里就是我们兄弟姐妹。先是轮流着照顾，后来奶奶要我一人照顾，说是我做事耐心和细致，奶奶垂青于我我引以为荣，无微不至地照顾她。夜里照顾奶奶的主要任务是抱她起床解手，每夜二次，多则三到四次。我将奶奶抱到马桶上后就睡在床上等她。那时年少，我好贪睡，头挨着枕头就鼾声响起，刚进入梦乡，奶奶就唤我抱她上床。如此一夜折腾几次，我哪里睡得个安稳觉。但也奇怪：我上学和做农活，一点也不觉得累。也许，缘于对奶奶的一份真爱所支撑的吧。

奶奶是在我十八岁那年去世的，享年七十八岁，我照顾了奶奶整整四年的饮食起居。这四年，是我少年时代最美好、最幸福的时光。

2002年11月7日

生活四题

垂钓

浮漂在颤，水波如皱纹般荡漾开去，俄顷，浮漂沉入水中。我太激动了，使劲一提，鱼儿被甩到我身后的草坪里去了。我大呼小叫：钓到啦钓到啦！可就是找不到那条鱼。后来，朋友们都帮着找，还是没能找到，我决定放弃那条鱼准备穿蚯蚓重新垂钓时，我蒙了：那小小的鱼——小得只有鱼钩上穿着的蚯蚓一般大小的鱼竟然还在那鱼钩上呢！朋友们一边笑一边嘲讽：要是来一次钓小鱼比赛，天下冠军非你莫属！

以前我垂钓时也遇见过一些有趣的事情：一次是我钓鱼坐了近三个小时不见鱼咬，就在小板凳上睡着了。朋友们故意开玩笑对我大喊：快扯快扯，鱼咬钩啦！我还没回过神来就下意识地用劲一扯，由于用力过猛，一个后滚翻，身子连同板凳一起跌入身后的小塘里，喝了几口黄泥水后才爬上岸来。朋友们大笑：你不但会钓鱼，还能演杂技呢！我也狼狈不堪地笑着。另一次是我钓鱼时正好起风了，浮漂先是老不见动，可一会儿浮漂不见了踪影。我赶紧将鱼竿向上一提，竿线绷得紧紧的。朋友们见了大喊着：不要太用力，不是大鱼就是大鳖呢！费尽九牛二虎之力拖到岸边一看：一只沉入水底多年的树蔸！朋友们又大笑：那树桩和你有缘，可能是仙女变的呢！我先是没有笑，后一想：这等好事我也能遇到，遂笑得打滚。

其实，钓鱼的快乐并不是非要钓到什么大鱼，能钓到大鱼固然好，能钓到小鱼也很不错；万一什么都钓不到，来一次跌落水中喝几口泥水或钓上一个树蔸，也是很有意义的事情。

钓鱼的快乐就在于过程。其实，生活又何尝不是这样！

狗们

一天，这样一个场景让我着迷：一只小狗吃饱奶后，不停地在狗妈妈身边撒娇。撒过一阵后，也许是看见了狗妈妈耳朵上有个被蚊虫叮咬的疗吧，小狗伸出舌头不停地舔着。我计算了一下时间，这个小狗足足帮狗妈妈舔了二十多分钟。那狗妈妈被舔得很快乐，脑袋微偏、嘴巴轻启、牙齿半露、舌头略卷，一副幸福和陶醉相。我分明感觉出了——不，是看见了，那狗妈妈的神情是笑着的。

我看着看着，就笑了。先是对着人笑，后就对着狗笑。

——那么多温暖的阳光照着，还有古香樟枝条洒落下来的斑驳的光影；不用防患同类，不用为生计奔劳，风平浪静地享受着温暖、幸福和快乐——狗们的生活，才叫幸福生活。

字典

为了减少文中的错别字词，家中书房总是放有《现代汉语小词典》《辞海》等工具书，遇到拿不准的字或词就查一查。

但办公室就不如家里：只放有一本"出生年月"不详的盗版字典。

那天写文章，脑海里跳出个生僻词，基本意思我懂，但怕用在文章语境中不恰当，就在那字典中查找起来，可无论如何也查不到那个词。没有办法，就又在电脑上查。电脑上倒是有那个词语的解释，但我又历来不相信电脑的，电脑上的错字、错句还少吗？所以我只好将那词用"（）"代替，中午回家后再用工具书查实。果不其然，到家后一查，《现代汉语小词典》和《辞海》上都有正确的答案。

生活中你不要自以为有很多可靠的朋友，或一起喝酒，或一起游玩。其实，仔细一想，更多的时候，往往是一个陪衬而已。有些人就如一本盗版字典，在你最关键、最为难、最迫切需要帮助的时候，他们根本靠不住！真正的朋友不在多，就像拥有一本《现代汉语小词典》或《辞海》也就够矣。

灯光

我记得，小时候我们全家只有一个灯盏。母亲做家务的时候，那灯光就在厨房；瘫痪在床的奶奶要坐马桶的时候，那灯光就在奶奶的卧室；我们四姊妹要做家庭作业的时候，那灯光就在中间堂屋里。

有一次，母亲提着灯盏在旁边照着，我替母亲使劲地揉着她白天里从茶园采来的新茶。也许我用力太久和太猛，鼻子喘着粗气，将一尺多外的母亲手里的灯吹熄。母亲笑着说你是牛啊？全家人分头行动找火柴，最后才把灯重新点亮。

最让我记忆犹新的是有一年，我们一家人去村部看电影，我走在前面一手握着灯盏一手牵着奶奶，奶奶牵着弟弟，弟弟着牵着哥哥，哥哥牵着母亲，母亲牵着姐姐（爸爸那时在县上工作）——全家人如老鼠咬尾一般，借着那微弱的灯光去看了一场电影。

我长大后到现在，都养成了一个习惯：不喜欢强烈的灯光——

生活，即便给予我一点微弱的光，我也就觉得拥有了太多的光明。

2006年11月17日

好书常读

时常有人问我什么文化？其实很好回答，回答一个"大专文凭"即可了事。但有时我偏故意说："党校的算吗？"对方出于礼貌不好说不算，就说："算。"我就来劲了："那不好回答，交了一次钱，拿个本科；准备再交，就是研究生吧？如果不顾妻儿老小油盐柴米，又交，就是博士啦！"有时我话多："您是问我文凭呢还是问我文化？如果是文凭，那就是大专；如果说是文化，以我读书多少和知晓的社会知识而言，应该是'博士'哦。"我笑，对方也笑。我告诉对方：文凭是拿在手上的，文化是装在肚里的，两者绝不可混为一谈。

事实上，一个人文化的多少，应该以一个人所读书多少即文化含量多少而言。如果是这样，以我养成的习惯——从中学时代开始至今，每天一直坚持阅读五千字，政府应该是"不拘一格降人才"给我颁个高文凭或高职称的。我喜欢读书不是为了什么崇高理想或是达到什么目的，纯粹是一种爱好，一种为打发光阴所做的事情，正如有的人喜欢打牌、喝酒和钓鱼一样。

我学生时代读书，那才叫真正的读书。每本读过的书上密密麻麻地用红笔作了批注不说，每读完一本书，都要写几千字的读书笔记。如果读的是小说，我要仔细地就它的主题、语言、结构、情节等作全方位的剖析，思考的时间比阅读的时间要多很多倍；如果是读诗歌和散文，我主要在作者情感上作一番研究，再看作者是怎么从"一点火花"到"燎原之势"的，再思考作者是怎样用精美的语言表现情感做到"语不惊人誓不休"的。仅以我高中时代计，三年记了六十多万字的读书笔记，可谓精读吧？

我行走社会和参加工作后读书就不如学生时代那般精了，渐渐地演变成了为打发时间、消除寂寞而读书的行为，但每天五千字的读书习惯却还是保持着。我性格内向，不善与人交际，就只好和书本里的人说话，以至于我觉得不是在读书，而是在和书本里的人作语言对话和情感交流。我甚至怀疑我有穿透时空的力量，心能透过字里行间与书中的人物同悲同喜，同怒同怨，能真切地感受到那书本中描写的每一个场景、每一种气味。有很长一段时间，我怀疑自己不是生活在现实中而是生活在书本里，读书的滋味真是妙不可言了。我最初参加工作是在一个工厂做团支部工作，那时虽没多的钱买书，但读书有两个有利条件：一是我姐在镇上供销社文体柜工作，每到周末我就跑到姐那儿去借书来看，常常是一边上班，一边昏天黑地看，忘了哪是"主业"，哪是"副业"；二是我上班的工厂靠近一家纸厂，纸厂那如山的废纸堆里到处有我要找的书籍。我像一个贪婪的守财奴，身边尽是自己找来的好书，一时看不完，就将书藏在纸堆的某一角落待第二天再去看。我在工厂那两三年，所看的书籍就达一千多册，有文学、美学、社会科学、自然科学等书籍。下班后我很少出门玩，光阴全打发在"两耳不闻窗外事，一心只读圣贤书"上。按每本书五个人物计算，三年里，我和两万多人说了话，书中的人物陪伴了我那三年寂寞而艰苦的时光。可惜的是，后来我成了家，添了小孩，日子相当艰苦，就把那些书以废品的价格卖掉了。但我不后悔，因为书籍全被我消化在肚里，那些旧书卖了换来了钱支撑了家庭；再说，这一千多册书又会落到一千多人手上，开卷就有益，我算是做了一大善事呢！

正因为是随心所欲地读书，相反越感觉读书有味。现在社会风气不好，你不随波逐流反招致他人嘲笑。常有人就这般调侃我：你天天傻读书，什么时候当教授哦？我只是付之一笑不与其计较，"道不同，不相为谋"。

如今生活条件较以前要好多了。每月我都要拿出一点钱去旧书摊或书店里买些书来读。床、沙发、办公桌、挎包甚至连厕所里都放着书籍。碰到好文章就读一遍或读多遍，一般的文章就一目十行甚至只翻翻书的目录而已。总之，一天里想看就看，不想看拉倒，断不可把读书当成一种强加给你的负担或累赘。一种失掉了快乐的阅读，那又有什么快乐和意义可言呢？

书确实是个好东西。一个喜爱读书、心甘情愿读书的人，除了人所共知的读书能增加知识，充实力量外，它另外一个益处在我看来便是增强操守、陶冶性情。就会避免、舍弃或淡忘一些不利于个人身心健康的事情。你会觉得那些名、那些利、那些庸、那些俗便如书页一般被翻了过去。人生的书本是那么的丰厚，漏掉微不足道的几页名利又有何哉？一心想在书上，你会躲过一些因无聊的扯淡和纠缠所带给自己的是与非、怨与恨，你的心会越来越清明——如白纸黑字般清明。你会知晓哪些事可以做，哪些事不可为；哪种人可以舍弃，哪种人需要珍惜。你会少一些奴性，多一份自尊；少一些虚幻，多一份真实；少一些虚伪，多一份真挚。另外，我发现肚里装的书越多，书的重量会使一个人不断变得稳重而不轻浮、含蓄而不张狂。书的高度会增加思想的高度，让一个人站得高和望得远。你便会：得到了宠爱不惊喜，错过了名利不失落；大难不慌张，小人不计较，喧嚣能塞耳，世事能洞明……

好书常读，真乃人生一大乐事矣。

2007年4月12日

痴语

笋子的命运无非两种：要么敢于冒尖，走向成材；要么遭人践踏，霉死土里。

人生是一根甘蔗，吃法各有不同。从蔸往尖越吃越淡；从尖往蔸越品越甜。

情人关注背影，小人关注背景。

我们不能拥有天空，那就去采撷一片白云；如果连白云也不能拥有的时候，至少应保持一种仰观的态度。

虚假的爱情，就如上一趟厕所——来得快，走得也快，只有厕所永恒。

天空的星子越寒越亮，心中的情感越藏越浓。

选择好位置能够避免摔倒，但方向不对也容易走入误区。

一个人如果只顾眼前，那就会顾不到身后。

温和与大度是一种美德，就如优良的棉被，一是给人以温暖，二是给人以美感；粗俗与自私就是劣质棉被了，一是寒冷，二是肮脏。

世上有两种命：有些人注定是等待别人的，有些人注定被别人等待。

女人是水，因为她太柔、太弱；但也要知道：水能穿石，水能淹城。

爱情就如拔河，跌倒和受伤的往往是倾注全部情感与力量的人。

流动的河水不腐是真理，但不流动的井水不腐也同样是真理。

如果把爱情比作深渊，那么，爱一个人是这样的：你掉进去容易，爬上来却难。

如果错过是一种遗憾，那么，相遇而不能相守就是一种罪过。

藤的青云直上，是以树的伤痕累累作为代价的。

鸡毛得势的时候能飞上蓝天，雄鹰倒霉的时候也会跌落地面。

有时，原谅一个人并不是对方的过错值得原谅，而是自己心灵的仓库太小太窄——你储存了那么多缺点的刺藤，又怎么去拥有优点的花朵？

2003 年 5 月 17 日

朋友

何谓朋友？这是一个很难界定的问题。

有人问路，也这样对你道"朋友！铁匠巷往哪儿走？"有时两方对着干，忽冒出一人对你说："朋友！给我个面子！"初次相见，在杯斛交筹时也如此喊："朋友！干！"一人对另一人说："朋友！你太不讲义气，我的老婆你都敢惹！"……"朋友"一词，在满是喧嚣和铜臭的世界里，逐渐失掉了原有的本真和光度。

何谓朋友？这其实也是一个很简单的问题。古人云：同门曰朋，同志曰友。《庄子·山水》中，把看上去平淡却重道义的人称为"君子之交淡如水"；《世说新语·贤媛》把彼此之间像兄弟姐妹一样相待的人称为"契若金兰"；《史记》里把哪怕砍头也不变心的人称之为"刎颈之交"；白居易《代书诗·百韵寄微之》将真正的朋友赞为"肺腑都无隔，形骸两不羁"……这些，都让今人望尘莫及。

何谓朋友？我想，朋友应该是无论阳光无论风雨都在心灵深处常忆起、常挂牵的那个人；朋友不一定要形影不离，但一定是在你心烦意乱的时候能默默陪你听你倾诉的人；朋友是两个人打伞不经意地将伞偏向对方唯恐雨淋湿对方的那个人；朋友是同榻而眠在窄窄的床上还嫌床宽的那个人。

朋友是这样的人：就算多年不见，也不会忘却，天涯海角总有那份牵挂；朋友是你幸福时隐退，你苦难时出现的那个人；朋友不一定要记住你的生日，但把每一天都当作你生日深深祝福你的那个人；朋友之间的友谊应该是水，淡淡的而又清澈透明；朋友之间的感情应该像酒，想起来便让人陶醉；朋友应该是明知道对方有负于你或伤害了你，但你仍愿意原谅他和帮助他的那个人。

朋友是月，常年守望你寂寞的窗前和梦里；朋友是夜来香，在喧嚣之后默默为你暗吐芬芳；朋友是秋天的枫叶，因思念而红；朋友是春天的暖阳，融冬天的冰雪；朋友是"西去阳关无故人"的嘱托，朋友是"一片冰心在玉壶"的期盼；朋友是相见时握出汗来的那双手，朋友是目送你远去望得瘦瘦的那条路。

我的朋友观是：宁缺勿求，宁少勿滥。人生，能找到一个真正的朋友算是你的福气，即使一个，也足矣。

2008年7月10日

依靠

　　我上车时，看见一个十岁左右的小女孩旁边有一个空位子，就在她身旁坐了下来。这小女孩脸黑黑的，一双手也是黑黑的，好像刚刚劳动过没洗干净似的。我笑着问她去哪里？她害羞地露出两颗门牙：去常德呢。

　　车开动不久，她就靠着车窗睡着了。也许靠着车窗不舒服吧，慢慢地，她的头开始向我这边侧过来，一会儿就搭在我的肩膀上了。这小家伙：是昨夜上网久了还是功课做得太晚，或者是早晨帮爸爸妈妈做家务事太劳累的缘故？她竟睡得那么香甜，嘴角都流出了涎水。

　　由于车子颠簸，她靠在我肩膀上的头随时都有可能滑下去。我看见她睡得那么香甜，真不忍心让她醒来，每当她的头快滑落时，我就变动一下身子的位置，用肩膀甚至用胸部支撑她。有时，为确保她的头不失去依靠，我还得微蹲或微站着，才能准确找到适合她依靠的最佳角度——我当时那样子真是滑稽极了。

　　车行至十五公里处也就是快要到我上课的学校路段时，一个问题出现了：我得下车！可是，她丝毫没有醒来的意思，头像磁铁一样吸在我肩上，感觉是那样的沉重，显示出一股执拗的劲儿。这孩子！她让我不忍心生出躲闪和推卸的念头。

我就索性没有下车，心里只祈求到学校后老师不要因为我的迟到而责怪我。就这样，我一直让小女孩依靠着，途经毛家滩、谢家铺、石门桥直到终点站——常德南站。她醒来的时候，"啊"了一声，好像觉得靠在我身上不好意思，红着脸望我笑了一下就急急下车了，一声谢谢也没有。也许她急于下车，也许她把我当成了去常德的人，也许她心里谢了只是没有说出口——但这都不重要。

重要的是：人的一生，当别人真正需要依靠的时候给别人以依靠，那么，你就有可能在你需要肩膀的时候找到坚实的肩膀……

1990 年 11 月 15 日

毛衣

周末，我突然接到通知：马上随政府办的一个同志去慰问某村八十岁高龄的黄奶奶。黄奶奶是个五保户且双目失明。那天我正光着膀子睡在被窝里呢，车上人在楼下喊得急，就来不及多穿衣服，随手拿了一件毛衣贴身穿了就急急下楼，心想车上反正有空调，冷不到哪里去。

黄奶奶我太熟了，每年单位都基本上指派我去慰问她。去得多了，就产生了感情，她就"幺儿幺儿"地叫我，我也直呼她奶奶。黄奶奶双目失明的时间是年轻时候，虽然失明了，但有一手绝活：织得一手好毛衣。她织毛衣不是自己穿，都送给邻里之间的伢儿们了。除此之外，她还有一个特点，就是对自己眼睛复明充满信心。每年去慰问她，她都会对我唠唠叨叨："眼睛一天比一天好呢，桌上的东西好像都看得见了！"其实这是她的心理作用，民政部门很早就带她到省城医院检查过，她根本是看不见的，永远也看不见了。

我进入她房间的时候，她旁边椅子上放有很多旧毛衣，正拆线准备织新毛衣呢。我就挨着她坐下拉着家常。一会儿，她拆完了一件旧毛衣，颤抖的手准备去拿身边的另一件，不知怎么，她的手竟摸到了我的毛衣袖口——"嗯儿"一声，一根线头被她扯出。我不得不佩服她挽线的娴熟与精准，一下将线头扯得老长，迅速地绾着，我的袖子转眼就没有了！这时，政府办的同志想对她说错了，我赶忙使眼色制止了他。

为了避免我的手碰着她的手让她产生怀疑，她不停地绾线，我不停地做动作配合她，于是，我的手就像在空中不停地画弧似的。手工织出的毛衣其衣袖与身体部位是脱节的，当黄奶奶将衣袖毛线扯完后，我马上从衣服下摆扯出线头递给她，要她接着绾。黄奶奶就笑："幺儿体谅奶奶呢，怕奶奶看不见？看见呢！"我又配合她，此时我的身体就如一个陀螺在不停地转动。一想到转动要发出响声，我干脆把皮鞋也脱了，穿着袜子在地上转着圈子。当她将毛线拆到齐我胸口位置时，由于我两只胳膊的阻拦，身子转动有点困难了，我故意对她说："奶奶慢点，线头卡住了！"迅速将身上的毛衣脱了下来。此时，我又光着了膀子，身体感到刺骨的寒冷。

黄奶奶一边绾线，一边和蔼地和我们说话，她反复强调："以俺眼睛越来越好的迹象，俺还能多活几年哩！"我就对她说："奶奶一定会成为我们县的百岁老人呢！"

我当时为什么没及时告诉和阻止她扯错了毛衣呢？我是这样想的：一个双目失明的人对于渴求光明的神经是敏感的，尤其是黄奶奶这样对眼睛复明充满自信与乐观的人。从另一个角度上说，黄奶奶的高寿可能就缘于这份梦里的希望，把渴盼光明当成了她生活的支撑点。我能忍心用我的"正确"纠正她的"错误"吗？我能因自己身上的一件毛衣减少她晚年的寿命、熄灭她美好的幻想吗？即使我身体因为寒冷而大病一场，我也不会如此做的。

2003 年 11 月 23 日

四十大惑

人到四十，既见过彩虹，也经历过风雨，应该如圣人孔子所说的"四十而不惑"，可于我，却是大惑。

有朋自远方来，一副功成名就的样子，问我这些年来过得怎样？我说现在一月能挣千余元呢！他抿嘴而笑。我想尽地主之谊宴请他，他声如洪钟：拉倒吧！你一月工资还不够搓一顿呢！之后当然是他请我们，一餐饭连烟带酒三千多元。三千多元在我老家是一个农民兄弟三年人均收入的总和。想到此，我大惑。

朋友之子李某，当属儿字辈吧，去年大学毕业后通过我介绍到一单位上班。乍到自称"晚辈"，喊我"曾前辈"；几月后自称"徒弟"，喊我"曾师傅"；半年后自称"老李"，叫我"老曾"；一年后自称"老弟"，唤我"曾哥"；不到两年他晋升为科长，一见面就得意忘形地在我面前动手动脚，一副得意忘形相。我唏嘘不已，大惑。

我乃一穷书生，每有新作面世或获奖就高兴得不行。同事问：稿费几何？答曰一百元也。对方抿嘴笑：唱歌的包厢钱都不够，只有傻子才干这个！我将稿费上交妻子，妻子不悦：还不够熬夜抽的烟钱呢！儿子却说：爸，这样挣稿费太苦，你还不如下班后戴副墨镜在城墙根摆个地摊，保证每天不下百元呢！我无语，大惑。

学生时代我虽不是学习第一，但绝对算得上聪慧过人，棋琴书画样样皆能，自然受到漂亮女孩的青睐。可如今不同了，除了蚊帐里的蚊子喜欢叮我这个文化人外，也就谈不上有什么艳遇了。不过，细想来，我还是和一漂亮女孩有过一次亲密接触：那是在超市，见一美女轰然倒地，我慌忙双手去抱，连声说对不起。超市笑声大作，抱起来一看，乃一塑料模特。真丢人现眼，大惑。

昔日的朋友们很多都建了别墅，有了豪车，生活极为滋润。而我却仍然"躲在小楼成一统"，今天替这个领导写讲话，明天帮那个部门写汇报，工作不可谓不扎实，做人不可谓不勤奋，可晋级晋职等好处总是轮不到我，生活也总是捉襟见肘，总觉得辜负了老师的教诲、父母的期望，不禁黯然神伤。亦大惑。

人生有三大境界：立德、立功、立言。立德倒说得过去，但又管何用？你德行再好，在这社会中能换来钱吗？立功吧，和平年代立大功没什么可能，如果工作搞得好算有功，那也是领导们领导有方，功归于领导了；那么也就只有立言了。我从少年时代发表文学作品至今，少说也有百万言了吧？一直想出版。可一打听仅书号和印刷费就近两万元，两万元就是我两年的工资、儿子两年的学费、父母晚年的养老钱，怎生舍得？大惑。

人到四十，应该说人情练达，世事洞明。但我不知怎的，总是更改不了儿时的率真与蠢笨。单位一年轻人，平时不学无术，但擅长阿谀领导，总爱向人请教如何"进步"到"副科级"。我就觉得特烦，对他直说："你快了哦！多帮领导提袋子，多为领导送票子，多带领导进馆子，多喊领导做老子！"此人拂袖而去。四十岁应该是瓜熟蒂落，不飘不浮之人，可我经常"老夫聊发少年狂"，说了不该说的话，做了不该做的事，得罪了不该得罪的人。大惑。

四十岁大惑的事多矣！看到大街上匆匆忙忙为利益各不相让的人群，看到以前商品不用打假却见不到假而如今处处打假处处有假，就大惑；看到农民工一年到头为城里人修屋建房而自己居无定所攒个白条子回家过年，看到教师不为教学努力而为经营学校商店繁忙，就大惑；看到某些官员们贪多了怕东窗事发赶紧换个地方"安全着陆"，看到昏死的老人本应急送医院而恐他醒来"敲竹杠"便见死不救，就大惑……四十岁啊，大惑多矣。

2004年4月17日

为介子推惊叹

《左传》里记载过一个叫介子推的人。说是晋文公为公子时，由于父子兄弟之间的冲突，被迫在国外流亡十九年，直到晋惠公死了，才得以继位。跟他曾经一起流亡过的人，都争功逐禄，独介子推不这样做，因此功名富贵与他无缘。

一惊叹他的"迂"。跟晋朝相比，现在的社会真是"进步"了。有这么两种人：一种是无功受禄，只要"后台"硬，"德能勤绩廉"八竿子打不着也照样做官不误；二是居功自傲，做了一点对社会有意义的事情就自以为了不起，不以"公仆"修身，却以"老爷"自居。那时的介子推跟随晋文公流亡时可谓功不可没，可当别人劝他找晋文公领功要官时，他却说："窃人之财犹谓之盗，况贪天之功以为己力乎"——把贪功比作盗窃，在那个年代里做人能有如此品行，真让我们今人汗颜！并且介子推对他母亲解释说："下面的人把贪天之功为己功的罪过当做正当，上面的人对他们的奸邪行为加以奖赏，上下欺骗，我难和他们相处啊！"看来，介子推确实显得那么不合"时令"，不说他确实有功且和晋文公有交情，就算没有，也应该拿出我们今人"创造条件也要上"的勇气和精神来嘛。

二惊叹他的"倔"。在史书上看来，介子推算得上德才兼备的人，用现在的"干部选拔标准"来衡量也是很符合的。他不去要官，母亲对他说："你何不去求奖赏呢？"他却如此回答："既然我把他们的事情当作罪过讨厌他们，而又去效法他们，那罪过就更大了。"人情之练达，世事之洞明，不为利禄而累，不为同流所污，要做到这点，真让今天的我们难以望其项背。

三惊叹他的"傻"。按理讲，他介子推不去争功、要名、逐利，但是，"以使知之，若何？"——也使君侯知道这件事情号召人们学习学习怎么样？但是，这个小小的要求也被他拒绝了！他认为那些东西是虚的，做人就应该做得实在，做得名副其实；索取赞扬、哗众取宠又何尝不是小人的行径。最后他选择"遂隐"。

其实，人的一生很短暂，不学无术而又滥竽充数在"公仆"队伍里挖空心思谋求为官之道，仗着虚名，干着庸俗之事，这确是做人的悲哀。在某种程度上说，一个人，具备一点介子推的"迂""倔""傻"，能够在喧嚣的世界里独善其身、特立独行，即使会失掉一些名与利，但人生的宁静和坦荡又何尝不是一种福气？名与利转瞬即逝，唯人品的内涵与思想的光辉千年不死！

2004 年 7 月 16 日

金戒与破书

我之所以一直保持着良好的阅读习惯和对书的那份痴迷，大抵是儿时家境太穷而自己又嗜书如命的缘故，书是我在那贫穷与寂寥的日子里最忠实、最亲密的朋友。

小时候买不起书，我总喜欢在镇上商店文具柜前一站就是小半天，透过文具柜台玻璃看花花绿绿的书籍封面（那时镇上还没有书店）；即使在最寒冷的冬天，我穿得单薄，也没有终止过对书的那份热爱。白日里一有空，我就走到屋后稻草堆前，像一只穿山甲似的钻进草堆深处。阳光照射进来，草堆深处暖暖的，一书在手，那滋味真是不可言传啊！借来的几本外国文学名著和一些半懂不懂的中国古典文学读本，都是在那些日子里"吃"进肚子的。

记得八岁那年，为了几本破旧的书，我险些一生抱愧奶奶。

那天，我去金牛山姑姑家，看见王伯家鸡窝里的老母鸡屁股底下有两本破烂的书。也许是老母鸡太大太重或太执着孵小鸡的原因吧，我费了吃奶的劲才将老母鸡提动，把书从鸡窝里拿了出来。一本是中国的《艳阳天》，一本是苏联的《日瓦戈医生》。我高兴死了，拿到王伯跟前。他见我爱书，说："你喜欢就拿去吧！我柜子里还有一些呢！"边说边拿了一些给我。我怎能白拿人家的东西呢？突然，我眼睛一亮，试探着对王伯说："用金戒换你的书行呗？"王伯一听说金戒，又把拿着书的手缩了回去。我真诚地对他说："没骗您，明天我就拿金戒来，不算数的是小狗哦！"

那枚金戒是奶奶的嫁妆，也是从奶奶的奶奶手上传下来的，奶奶视若宝贝。怕金戒损坏成色，奶奶用"土办法"将几片茶叶、一匙谷粒和金戒放在一起，用荷包包着。当时，憨傻的我觉察不出那金戒的重大意义，在我眼里，它最多只值几个发粑粑的价钱呢！

我真的将金戒给了王伯，还果真把那一大摞书给提了回来，总觉得占了王伯便宜对他心存感激。没几天，奶奶发现金戒丢了，急得像孩子一样哭了起来。我从来没有见大人哭过，心慌得直跳，我不敢隐瞒，就将整个事情原委对奶奶如实说了，以求得奶奶的原谅。

奶奶一怔，停止了哭，就挂着拐棍，迈动"三寸金莲"去找王伯"算账"。可刚走到门口，王伯却在我姑姑的带领下来我家了！原来，贫穷年代里的王伯见我用金戒换书当时确是很高兴，以为我是哪儿捡的呢！可当他看到金戒的成色和用茶叶、谷粒保存的方式后，感到这枚金戒非比寻常，马上告诉了我姑姑，就和姑姑一起来给奶奶还金戒了。

很多事情都如过眼烟云，儿时用金戒换破书一事却长留我心。也许是我从儿时养成的习惯吧，如今的我身上只要有几个钱，总要买几本好书带回家去；即使身上连"壳子"也没有的时候，也总爱在书店或旧书摊上走走看看，就像我十八岁的时候，一天不看到姑娘心里就不舒服一样。

2003年2月25日

人情

　　我在吃早饭的时候，她就两手托腮，眼睛眨也不眨地望着我。我以为她饿，给她盛了一碗饭，她闻了一下，毫无动嘴的意思，依然那样子望着我，眼里透着乞求和温柔。我知道了：她要跟我去学校。于是我就干脆不理她。

　　我清理书包和换鞋的当口，不见了她。这对于我来说有如释重负的感觉。我不是不愿意带她去学校，去学校的路太远，还要走很长的公路，我怕丢失她或者担心她被车撞着。再说，我上课的时候，她能够干什么呢？要是到处跑，走失了或遇见坏人欺负怎么办啊！

　　我走出家门约两公里路的时候，她出现在一个山峁处，流露出怕我的样子，不靠近，也不离开。我走她也走，我停她也停。当我做出怒相瞪着她的时候，她却将头低了下去。我索性将头扭向一边假装不看她，只是用余光瞟她，我发现她竟抱着试探的神情也偷偷地看我呢！我强忍住笑，折了一根树枝，做打她的样子，她迅速跑到离我两百米处，一屁股坐在了地上，装出不再跟来的意思。

　　在上第二节课的时候，我透过教室土墙的大洞向外面望去，看见她竟傻乎乎地坐在教室后的土坡上。她看见了我,先是舌头一吐,继而发疯似的用手抓土,嘴里"吱啊吱啊"地发出声响,激动的样子无以言表。我心软了,背过老师,竟大胆地从教室墙上的洞里钻了出去。那土坡有点陡,我爬了几下没能爬上去,她竟伸出两手拉我呢!待我上去的一瞬间,她竟搂着了我的脖子,就势骑在了我的肩膀上,轻轻地啃我、咬我、舔我,恰到好处。我感受到了她那种发自内心的、骨子里的真正的情感的涌动。

　　——她是一只狗又如何呢?如果有一张人皮让她披上,不就是一个人了吗?一个心无杂念、以情相守的大美人啊!

2006年3月12日

跑功

姐和我上学时在分手的岔路口对我说："记住！回家不准跑哦？"我假装拼命地点头。其实，我在想：哪里会不跑的！

那时，我姐上初中，我上小学，我俩早晨上学在同一条大堤上走不到一公里路就得背道而驰——她朝西去镇上中学，我朝东去村里小学。放学的时候只要老师不啰唆、学校不搞劳动，我们放学的时间一般都差不多。老远，我们就能够看见各自的身影。

放学的时间，正是娘在田里劳动的时间。娘在劳动之前，早为我们准备了数量相同的两碗饭放在锅里。如果我放学确实早或在放学的路上拼命地跑了，比姐先回家几分钟，姐就怀疑我端了那碗多的饭，因此对我很不放心，这就是她上学前老叮嘱我"不准跑"的原因。

其实这是姐的心理作用（也是我的心理作用，要不然放学我为什么跑）——娘怎么会偏心呢！她为我们准备的饭其实是一样多的。当然，虽说姐对我不放心，姐平时还是蛮心疼我的，只要我恪守诺言放学时不跑、和她同时回家，她会随便让我挑选哪一碗饭。

放学的路上，每当我远远地看见大堤的尾端一个小小的黑点慢慢地变成了一个"冲天炮"辫子，最后看见了姐的花格子衣服时，我就忍不住发疯似的跑起来。姐见我跑，她也跑得更加起劲，我们在岔路口相遇了。姐气喘吁吁地骂我："说话不算数，你跑了，是狗！""你也跑了，你也是狗！"我反击。"狗！""狗！！"骂归骂，但我们丝毫没有停止下来的意思，跑得更快更急了，肩膀挨着肩膀，胳膊打着胳膊，各不相让。我一直不明白，那时候的我们肚子是那样的饿，跑的精神不知怎么那样的足，跑的速度不知怎么比山上的野兔还要快。

两年以后，我和姐分别是初中组和高中组的长跑冠军。并且，爱跑步的习惯我一直保持至今。

2008年4月13日

佛缘

佛，是我一直不敢写的话题，也了解甚少。我对它最早的认识是在儿时，父辈怕我不学好，常常会用"放下屠刀，立地成佛""为人莫作亏心事，举头三尺有神明"之类的话训诫我。要么干脆指着我的鼻梁说："你小子如果要学坏，菩萨也救不了你。"

有很多人要我去信佛——去寺庙听大师讲课、诵经或去寺庙烧香拜佛什么的。我就想：一个人信佛与不信佛，就一定得去寺庙吗？或者说，一个人是否有佛缘，就非得去寺庙敲击晨钟暮鼓？

佛是什么呢，在我看来，佛应该是包罗万象和博大精深的，远不是像现在有些人，平常有什么痛痒或灾难就去寺庙"临时抱佛脚"那么的简单。我曾经也有诚心要去寺庙烧香拜佛的念头，只是看见如今有些人信佛与我心中信佛有天壤之别时，就消了"信佛"的念头。我经常在电视、报纸和生活里了解到某某寺庙一炷香竟高达五或六位数字的天价时，我就彻底对如今的信佛之人产生了怀疑。我就暗忖：好邪门啊，不知道寺庙的菩萨做何种感想？

信佛，应该与行善有关吧？我看见社会上有些信佛之人，实际上一点也不慈悲；信佛是一回事，而德行又是另外一回事：刚去寺庙烧香拜佛，出寺庙门遇见老弱病残的乞讨就视而不见或者绕道而走。一个出嫁多年未孕的女子刚从寺庙求子归来，就因为家里的婆婆午餐做得晚了些，竟一碗砸了过去让老人险些眼瞎……让我对这些信佛之人产生了极大的失望。

在我的生活中，拉我进入信佛队伍的有年纪大的，有年纪小的；有男人，也有女人。他们出口即佛，无佛不谈，好像他们就是为佛而生的，好像他们就是佛的使者。其口吐莲花、口若悬河，让你都怀疑起原本善良的你是不是很"歹毒"。有时我很烦，就干脆说：我就是佛。

当我说出"我就是佛"时，对方一脸的惊讶和严肃，好像我的信口雌黄亵渎了神灵似的，不齿的表情就挂了脸上。我其实也不知道为什么会这样说，也许在我看来，佛就是善心，就是肉体和灵魂的大善；佛应该就是阳光，它普照万事万物，驱赶内心的阴霾，它是正气、本真、宇宙的初始。如果你是善良的，你内心怀抱世间万物，你不是佛又是什么！

这让我想起了童年、青年和中年的三件如恒河沙粒的小事情。小时候我居住在农村老家，每天夏天晚上睡觉，破烂的帐子尽管母亲缝补了，也总会有几只蚊子钻了进来，总觉得它们也是有血有肉的生灵，变成一只蚊子也很不容易，我一巴掌拍死它们实在是做不出，总是轻轻地用手捧了它们送出蚊帐；青年时候的一天黄昏，我从田野里看见几只狗抢骨头吃，一只小狗不但抢不到，还让大狗们欺负咬得半死，嗷嗷叫着走到我跟前躺着。第二天我放下农活，在菜市场候着捡了一大包骨头给那小狗吃，吃饱后的它乐得在地上打滚，我就想，如果它能够说话，它不和我称兄道弟才怪呢；中年里的一个冬天吧，我到外地出差看见一个穿得很单薄的农村模样的男子在地上哭得死去活来，原因是这个男子的老婆在医院难产等着交医疗费，而他借来的一千元钱在街上却被小偷盗走。我见围观的人都走光了，把袋子里仅有的几百元钱掏了出来塞给他就溜掉了……

　　劝我去寺庙信佛的朋友听了我的这三件小事后，半日无语。其实，一个人信佛不信佛，或者说有没有佛缘，不是看你去不去寺庙烧香拜佛，也不是看你什么时候剃度青丝三千幻身成佛。是佛非佛，在于你的内心是否让佛接纳和被佛包围。年华烟散，韶光轻染，你能安静于夜晚，那一夜月色便是佛；无月之夜，万籁俱寂，你静坐于窗前，听树木在秋风里的摇曳之声，你心能自明，那树木就是佛；红尘万丈，光怪陆离，你眼睛里总能看见一丛绿，那一丛绿便是佛；柔情缱绻，山高水长，你拥抱深爱着的人便是佛；父母病疼，你能伺服床头，你的父母便是佛；你救一只受伤的小鸟，那小鸟便是佛；你让一段音乐感动，那音乐便是佛；给人玫瑰，手有余香，那玫瑰便是佛；你能够在千里之外的梦里梦见爹娘辛勤劳作的身影，那个千里之外的梦便是佛；你能够在南国的冬天想到北国的家人，那南国便是佛……天空为什么蓝，溪水为什么清，大地为什么黄，花朵为什么香，稻米为什么白——一切一切皆与佛有缘。

　　一个人信佛不信佛，不是要佛为你做什么，而是看你为佛做什么。佛缘的大小，取决于你善心的大小。佛不是等来的，是修成的；你来与不来，佛就在那里。

　　我没有像常人那么信佛的根本原因所在，乃是因为我总觉得佛法无边，我还没有真正找到去靠近佛祖的船，还无法企及佛的恩赐与接纳，我还处在俗不可耐的泥沼，身心蒙受着人间的尘埃，耳朵塞满红尘的喧嚣。真正有佛缘之人，应该是超凡脱俗、善德齐身的高人。梁启超在他的《清代学术概论》一书中曾说过："晚清所谓新学家者，殆无一不与佛学有关。"历史上真正有佛缘的大抵都是真正的高人，他们有的以佛学思想作为变革社会的武器；有的以佛教文化作为终身航标；有的则以之建立自己的哲学体系；有的则以佛学思想作为文艺的创作思想或重要题材。是灵与肉都体味到了佛教的真谛，指导人们破妄显真、出迷还觉、转识成智。在我有限的文学视角里，所知道的现代文人中具备佛缘的就有丰子恺、老舍、叶圣陶、郑振铎、郁达夫、许地山，他们才是集才情与善德于一身的闪烁佛学思想光辉的翘楚。我还读过有佛缘的古人的一些文学作品：欧阳修《秋声赋》要人们免除"百忧感其心，万事劳其形"的自安自足思想；苏轼在《前赤壁赋》中告示人们"快乐不在外界，幸福自在心中"；弘一法师的内心是透明和广大的，他说："回想我在十年之中，在闽南所做的事情，成功的却很少很少，残缺破碎的居其大半"，面对生死关头的大喜大悲大彻大悟在绝笔"悲欣交集"四个大字中凝聚，是何等的自彻自省自律！让我肃然起敬的是丰子恺，他将善为护生的思想运用于反抗侵略和维护和平之中，他心中的佛教不是那些与民间迷信混同在一起的佛教，相反，他对佛教中一些自私自利的人深恶痛绝，表示"不屑与他们为伍"。想想如今一些"临时抱佛脚"的所谓信佛之人和寺庙中一些靠菩萨来赚取善男信女钱财的"高人"是何等恶俗与卑微，他们才是与佛无缘的人。

真正有佛缘的人，就是那些在生命过程中留有"空白"的人。在如今这个纷杂繁芜的世界，多少人都在奔波忙碌着，其实，我们真的应该沉淀自己心中那颗浮躁的心，为自己的生命留下一点"空白"，让真善美在那空白处留下印记，绽放光彩。生命的空白，或许就是一种"非淡泊无以明志，非宁静无以致远"的心境，或许还是一种"采菊东篱下，悠然见南山"的闲情逸致。有时候人的眼睛看世间、看万物、看他人，就是看不到自己。能看到别人过失，却看不到自己的缺点；能看到别人的贪婪，却看不到自己的吝啬；能看到别人的愚昧，却看不到自己的无知；能看到别人的短浅，却看不到自己的狭隘。生命需要隐匿，心灵需要蛰居，在这隐匿与蛰居之中，渐渐地在生命的空白处抹上斑斓的色彩，让生命充满真正的意义。我常常如此想：人心就像一个容器，装的快乐就多，烦恼自然就少；装的简单多了，纠结自然就少；装的满足多了，痛苦自然就少；装的理解多了,隔阂自然就少；装的宽容多了,仇恨自然就少——胸襟决定器量，境界决定高下。人一辈子活着就是一种修行，修行乃修心，心正佛则至。

有佛缘的人应该是这样：爱心充盈、阳光进取、内心大度、善恶分明；恬淡、况味、悠远、练达、宽厚；有社会大世界的博大之爱，有私人小世界的小小满足——这就是佛缘。

2015年9月6日

第四辑

XIN YOU MINGYUE
DISI JI
PENGYOU XU BA

朋友序跋

文化的星斗

《太白湖诗人群作品集》序

毋庸讳言，我是有些孤陋寡闻的。这些年来，一边为生计埋头写些领导讲话之类的"八股文"，一边于八小时之外把自己关在家里"两耳不闻窗外事"。对于汉寿旧体诗创作得风生水起还真是知之甚少，更不用说了解太白湖诗群的诗词创作早已在全省乃至于全国都声名远播了。

让我走近太白湖诗人群并刮目相看，是缘于今年春上一个偶然的机会——那天去文联办事，建平兄告诉我：酉港中学及周边学校教师写旧体诗厉害呢，要不要找个机会拜访？说实在话，见不学无术的官人我总是要躲躲闪闪的，省得耽误我的时间而心烦；见货真价实的文人我很乐意且引以为荣，于是爽快答应了下来。我首先认识的是该诗人群里的周熙贵老师。他年过半百，知识渊博，为人真诚，处事低调，给我留下了深刻的印象，并很快成了忘年交。当周老师把他自己和诗人群的作品拿给我拜读之后，我真是惊呆了：这是一群才华横溢、各领风骚的人！他们遵循旧体诗传统的艺术表现手法，又在不违反传统诗歌规则下注入现代生活的真情实感，每读之后，让人沉湎其中，难以释怀，真有"余音绕梁，三日不绝"的美妙感觉呢！

在太白湖诗人群里，佳作就如湖中盛开的莲花，色彩俏丽，姿态各异。有的反映家乡生活变化，有的描写祖国大好河山；有的歌咏人世美好的爱情，有的借景抒怀、咏物言志，可谓琳琅满目，美不胜收。譬如：余仁祥的《别故乡》："东风摇醒花千树，好雨妆成碧玉枝。婉转黄莺天籁曲，翩跹紫燕杜郎诗。盘量前路行程远，打点离愁举步迟。璀璨霓虹皆景色，小桥流水最相思。"——我很喜欢这首诗，不说诗的整体内容表现如何别出心裁，单是"盘量前路行程远，打点离愁举步迟"这两句，就足以看出诗人观察生活的能力和驾驭文字的水平。诗中远行的游子对家乡和亲人的依依惜别之情跃然纸上。"盘量前路行程远"中的"盘量"二字流露出游子生活的无奈和内心的沉重；"打点离愁举步迟"中的"打点"二字可谓妙手偶得，表达出游子爱恋家乡而又不得不离开家乡的那种踌躇、那份伤感。整首诗静动相宜，亦诗亦画，荡气回肠；黄桂旺的《感怀》："一条泥路经坟地，两扇铁门玄武开。昔日心怀和氏璧，今朝身在定王台。村前夜狗断续吠，灯下诗书风雨来。病里春晴菜花盛，暂时相赏不须猜。"——诗歌开门见山从典型环境的描写，到"和氏璧""定王台"两典故的奇妙结合，又笔锋突转由夜狗吠吠到灯下读书、菜花相赏，起承转合一气呵成，主题鲜明而富有古典诗词的含蓄美；刘玉坤作品《五月抒怀》："五月端阳日，洞庭初涨潮。舟飞沧浪水，歌放楚江谣。盛世开新纪，豪情动九霄。屈魂归故里，欣慰改《离骚》。"这首五律朗朗上口，令人豪情倍增，其内容蕴涵丰富；王道富的《访黄君不遇》："春风一路访黄君，百里长株景色新。又到芷桥三叉路，一湾溪月笑痴人。"让人真情可感，足以看出诗人的至情至性；黄桂旺的《风筝》："无多巧技未图工，纸竹妆成上碧空。若是倒栽君莫笑，周郎不也借东风。"想象丰富，用词精当，可谓信手拈来，形象而风趣。另外，在这些诗人群体中，我还喜欢江先富的《花岩溪》："青松翠竹对分山，水自潺潺鹤自闲。不是偶然亲到此，谁知仙境在人间。"不做作，不雕饰，让情感自然流露、水到渠成；而肖广爱的《花岩溪》则别有一番情趣："积灵积秀隐深闺，一缕春风露玉肌。欲拢青丝摇碧水，回眸浅笑赛明妃。"想象丰富，构思奇特，极富浪漫色彩；周明华的《五溪湖》："观音摇玉液，王母撒青螺。画舫悠悠走，诗朋狂放歌。"此诗视角新颖，神采飞动，实乃佳作。在太白湖诗人群的佳作中，我最喜欢的当属周熙贵老师的绝句《夜宿五溪人家》："一路轻车一路花，五溪湖畔宿农家。多情最是风骚客，醉罢青山醉晚霞。"这首诗天然去雕饰，清水出芙蓉，诗紧扣时代脉搏，写出了社会的繁荣、富足、闲适，特别是"醉罢青山醉晚霞"一句，句法潇洒，又紧切"夜宿"之题，而以"多情"释之，不脱不粘，清雅自然，堪称典范。也许正因为如此，该诗获得了2013年"诗词中国"创作大赛一等奖的殊荣。在《太白湖诗人群作品集》里，优秀的作品很多，这里就不一一列举了。

这些年，我在和一些文朋诗友或是社会上其他阶层的人聊天里，发现了一种不正常的现象：有些人总觉得写新诗才叫写诗，而一说到写旧体诗或者看待写旧体诗的人就摇头，就觉得对方有些另类，这其实是极端错误的，是对旧体诗歌的误解和谬说。谁说旧体诗就一定是哪朝哪代的专利呢？宋代并没因有了词而忽视和放弃了诗，宋诗并不亚于唐诗；元代并没因有了曲，而忽视和放弃了诗和词，元代同样有不少绝妙的诗词作品；元曲也并非仅属元代的专利品，明代汤显祖的《牡丹亭》、清初孔尚任的《桃花扇》也能把元曲推向另一高潮，民国苏曼殊绝句的明快天巧也毫不逊色于唐人和宋人。因此，不管是什么文艺创作形式，只要来源于生活而又被生活所认同，只要能够带给我们以咀嚼和品味、快乐和想象、思想和顿悟，又有何"新""旧"之说？诗词之存在，首先具有艺术上的独立价值，同时也具有对社会生活与人类情感的表现功能。旧体诗与新诗在表现生活与人们的情感方面，只是取向的不同、表现方式的不同罢了。在我所熟悉的当代诗人和作家里，就有旧体诗词写得甚好的，譬如大家最熟悉的就有顾城和王蒙。前者以新诗扬名，但在二十世纪六七十年代写出了很多抒发个人情感的旧体诗词，也不乏佳作；后者是以小说创作名世的，但他的旧体诗创作仍然取得了极高的艺术成就。

我是极其喜欢旧体诗词的，从中学时代到不惑之年，一直对旧体诗词情有独钟，虽因为种种原因动笔甚少，但案头和床头总是放有唐诗宋词和今人创作的优秀旧体诗词供我品读，能在其中吸取到丰富的传统文化营养，内心不那么无知和浮躁、微弱和苍白。好像只有这样，才让我在涂鸦文字时有靠山和底气。我向来就坚信，旧体诗歌其音韵和词句之独特的美，是汉语所独有的，世界上其他任何一种语言都无法与之媲美。汉语方块字所具有的单韵节和四声，决定了这种韵文的格律美。一首旧体诗歌，品其内容，非仅具有表层的字面含义，有时更具有巧妙的比喻和影射，诵其语句，犹能产生抑扬顿挫的音韵听觉之美，让人流连和着迷。因此，在这个背叛古典和经典、浮躁社会带来的效应和恶果进一步加剧、粗制滥造的文学作品已使人感到文化艺术在滑坡的今天——我内心感动：在汉寿80万人口中，在我有幸相识的朋友里，仍然还有甘于寂寞，淡泊名利，孜孜不倦吸取五千年营养并不断发掘、不断创新、不断奉献的一群人——太白湖诗人群，是多么不容易和多么了不起！据不完全统计：近三年来，太白湖诗人群共在《诗刊》等国家级刊物上发表作品达20多首；在《湖南诗词》等省级刊物发表作品达50多首，在市级刊物上发表作品达80多首，多次获得国家、省市创作奖项并多次入选各种文学选本，构成汉寿一大文学景观，确实是一件值得深思和庆贺的事情。

在写这篇小文时，已是夜深人静。面对眼前沉甸甸的《太白湖诗人群作品集》，面对窗外浩瀚的银河，我仿佛感到，百年之后的我们都将腐朽如泥；而文章千古事，它无疑将会成为满天的星斗，供人仰望，并照彻夜行中的迷惘人——这正是文化人的幸福，也正是文化人的价值所在！

是为序。

2006 年 11 月 25 日

静默而深沉的石榴花

张晓凌诗集《一个人的时光》序

时值五月，那些春天喧嚣的花朵都远去了，而在我的窗前，石榴花却在顽强地、灿烂地开放。这让我生出些许感慨：在这个物欲横流的社会，勿说绞尽脑汁写文章，就是要有些人看文章，怕也是不愿意干的苦差事呢。在我熟悉的文学圈内，原本有很多才华横溢的朋友，都因种种原因销声匿迹了，而晓凌却一直坚守在诗歌园地默默耕耘，不趋炎附势，不哗众取宠，像一株静默而深沉开放的石榴花。

我是在20世纪90年代中期的一次市文学创作笔会上认识晓凌的。她是一个言语不多且言行一致的人，有特立独行的思想，有脚踏实地的态度，有锲而不舍的精神。她对人对物极为真诚，是一个值得信赖和交往的朋友。

晓凌出生在汉寿县沧浪河畔，此地山清水秀，人杰地灵，自小受沧浪两岸风土人情和文化底蕴的影响极深，对乡村的喜怒哀乐和故土的风云变幻了然于心，这在她的文学创作中得到了很好的反映。长大当上"孩子王"后，在"传道授业解惑"之余，在"一个人的时光里"，她尽情地享受人生的快乐和美好，安静地抒写自己的内心世界。这些年来，她写小说、散文，更是对诗歌情有独钟，创作和发表诗歌作品颇丰，且多次获得省内外文学奖项，一步一个脚印在诗意行走。作为朋友的我，是极为欣喜和自豪的。晓凌是个多面手，除了教书育人，对于书法、美术、摄影也多有喜爱，还兼任了学校的美术老师呢。爱好广泛是对文学创作大有裨益的，因为一个搞文学的人，如果仅仅停留在文学本身，而不是博采各门类之长不断丰富和提高自己，是不能有大作为的。在我看来，文学创作最初是比技巧，而最终却是比内涵。内涵包括了人的思想、涵养、经验、修为、历程等方方面面。只有热爱生活，内外兼修，博采众长，才有源源不断的创作源泉。

晓凌的诗歌有三大特点：一是感觉敏锐及语言丰富，很"小女人"；二是写诗少功利心，不在乎虚名，有时觉得发表与否都不重要，重要的是纯粹对诗歌的喜欢；三是极少用概念和观念性词语写诗，她的诗歌更多是思想的还原与解构，灵魂的火花碰撞后的真实记录。在这些特点里，我尤其喜欢她的"小女人"诗歌写作情结。晓凌的诗歌不是气势汹汹或惊涛骇浪，而是在阳光柔和的午后或是月光轻泻的夜里，从内心深处轻声发出的歌唱。这种诗歌虽然不具备极强的穿透力和"秒杀"功能，但它的震撼力和感染力不可小觑，具有"浸透"和"淹没"的功效。震撼力不是以声音大小来衡量的，雷声是一种震撼，但谁说夜莺的歌唱就不是一种震撼？她的诗歌彰显安静，犹一湖春水，看似波澜不惊，实则"无声胜有声"，初读平淡无奇，再读击节叫好。试举一例：《午后·之二》："这一辈子/只做一次幻想。/坐在临窗的椅子上/不用在镜前端详/也不用剪掉长发/只要靠在柔软的阳光里/做一个梦——用红色围巾/披在雪人肩上，用铁锹/拍打雪球，用温热的手/将石子堆放在你的面前。/试想/

在清冷的江边／挑起／红灯笼／和你一起走过／又一个新年。／你不用站在佛前／不用／坐在临江的石阶上／说话或是微笑。／我只要在梦里卸下／陈年的沮丧／赶走／黑夜的疲惫／就像你的手／推开世界／推开我的窗。"诗中把一个女子渴求平淡与美好、理解与包容、幸福与浪漫的内心世界表现得淋漓尽致。并且，整首诗歌很接地气，不是在真空中虚情假意的号叫，而是在现实的土壤里、在烟火气浓厚的生活里对生命最本质、最原始的呼唤。"在清冷的江边／挑起／红灯笼／和你一起走过／又一个新年"以及"我只要在梦里卸下／陈年的沮丧／赶走／黑夜的疲惫／就像你的手／推开世界／推开我的窗"——语言之清新、情感之浓烈、视角之低沉，是极富感染力的。这让我想起一个朝代不详的名叫金昌绪写的《春怨·伊州歌》："打起黄莺儿，莫教枝上啼，啼时惊妾梦，不得到辽西"——一个女子在清早赶树上的黄莺儿不让它鸣叫，唯恐惊扰她梦里与辽西的心上人相会。诗小处着眼，大处落笔，实乃好诗歌。晓凌以生活中最平常、最微妙的细节表现生活中最不平常、最不可或缺的生活情感，所以诗歌能够让读者接受、让读者喜爱是无疑的了。我认为，凡是艺术的、美好的东西，都是最本真、最简洁的——毕加索的绘画、徐悲鸿的马、齐白石的虾、晋朝的书法、唐朝的诗宋朝的词、日本的民歌，等等。仔细考究和分析，它们要么线条流畅、要么惜墨如金，要么语言简洁。因为艺术的东西是不需要重复和堆砌的。晓凌的诗歌不复杂、不做作，直取自然和本真。《午后》就是最具此特色的优秀作品之一，整首诗歌如水般的叙述，呢喃般地倾诉，情感饱满且画面色彩厚重，读来令人动容。

诗歌不是无情物。一首诗歌不管采取何种创作手法或是沿袭何种风格，最终目的应该是打动人、感染人和激励人，让人从诗歌的字里行间悟出生活的点点滴滴和思想的枝枝叶叶。倘若一首诗歌只是停留在玩语言词句上，即便语句美轮美奂，而思想平庸，情感苍白，也算不上是成功的作品。晓凌对诗歌艺术的追求，就像对待真心朋友和真挚爱情的追求，心甘情愿让内心的东西流淌，总是能够让人在品读短小的诗句后，心与心的距离缩短，留下长远而又美好的记忆。另以《我被草叶划伤了眼睛》为例："草叶生长／在春雨的历练中／颜色深邃／叶片宽厚／阳光下／绿色汁液流淌／耀眼诱人／潮湿的春和／干涩的夏互不谦让。我蹲下／伸出手——顿时／叶片变得锐利／划伤了手指／可我还爱恋着它们／曾经柔软的身体／留在春天里的呼吸与／生长节奏／于是，忍住疼痛／负伤／还要轻轻按住眼睛／忍住热而苦涩的泪水。"在我们生活的这个世界里，有的人只是关心自己身边的朋友和亲人，有的人甚至连朋友和亲人也毫不珍惜，甚至心怀叵测，先不说做文，连做人也是不合格的。晓凌是一个感情丰富、内心纯粹的人，连"叶片变得锐利／划伤了手指／可我还爱恋着它们"；并且"忍住疼痛／负伤／还要轻轻按住眼睛／忍住热而苦涩的泪水"。一个没有爱心的人，世界的事物是不能引起自己共鸣的。这首诗歌与其说写草叶，还不如说写生活的细枝末节，对待一枚草叶的情结，又何尝不是对待家庭、朋友、爱人及生活中万事万物的态度？在我欣赏这首诗歌的同时，我更多的是对晓凌的生活态度与人生态度的欣赏。

《一个人的时光》这本诗集，给我呈现的整体印象是：抒情、意蕴、丰富。能让我们读到对爱情的宽容和祈祷；能让我们体会到诗歌里所显示出的深刻与骨力、痛恨与凄婉、缠绵与刚烈；能让我们感悟到在苦与乐、顺与逆的生命中显示出乐观与坚定，在温婉的叙述里氤氲着的淡雅的香气和柔软的呼吸。更让我欣喜的是：晓凌的写作风格在自觉或不自觉地发生变化，在题材上，侧重于生活化和个人化；在语言和语体结构上，由单一抒情转向日常语调的述说；在意象表达上，由传统的表现手法转向放射型的多维视角，使诗歌的社会性意象突出，等等。这是她在诗歌王国里不断进步、获取丰收的好兆头。

是为序。

2014年6月28日

时代的影像

李一丹小说集《把姐嫁出去》序

　　喝着沧浪水长大的青年作家李一丹的中短篇小说集《把姐嫁出去》，全书共20余万字，包含10篇中短篇小说。在这部小说里，装的都是与爱情有关的成分，好像又不全是爱情。让我们品尝爱情酸甜苦辣的同时，又能够看见世事的纷杂和社会的光怪陆离，是作者近年来小说创作的精华所在。小说看似波澜不惊，却曲径通幽、笔走龙蛇，散发出的始终是摄人眼球的愉悦与回味。

　　一丹的小说，显示了她极高的创作天分与才气，充满浓郁的时代气息和生活气息。比方，小说《把姐嫁出去》写的就是如今信息时代的网络生活，然后由网络生活转入现实生活。其实网络生活又何尝不是现实生活呢？网络的背后都是具体的人和复杂的人生。再如当今广遭诟病却事实存在的"小三"现象，在小说《随风而逝》中得到了很好的反映——郭阳片爱上任菲儿，而任菲儿偏偏爱上有妇之夫唐宏武，三者纠结情感之中，最终却是个悲剧，尽管这个悲剧有些突然，但都真实地反映了当下社会之怪现象。生活在这个喧嚣和利益时代是不容易的，时代对每个人生活、生存的压力在《疯言疯语》中得到了鲜明地呈现。《亲，让我们在一起》写的就是当今广泛存在的"姐弟恋"现象——相距十岁的杜展鹏、尹欣然几经磨砺和磨合后以喜剧告终，还真应了如今社会上流行的"年龄不是问题，身高不是距离"那句俗语。作者是以一种客观的方式进行写作的，客观的呈现比主观的诉说更具真实性和批判性，这在《随风而逝》中得到充分印证。正是这种真实、客观的描述，使得这篇小说有着一种内在的张力，让人感觉不仅仅有着身体的疼痛，更有着灵魂的纠缠与拷问：是什么让我们在情感中迷失？谁是罪魁祸首？怎样的爱情才是真正的爱情？小说彰显的时代气息和生活气息，是一丹作品成功的一大体现。

　　一丹的小说，有很强的驾驭故事的能力，让我有理由相信她生活中是个会讲故事的人。故事本身的好坏，故事情节的取舍以及故事谋局布篇的能力如何，在某种程度上，决定一篇作品的好与坏。试以《亲，让我们在一起》这篇小说来举例说明：小说讲的是25岁的杜展鹏去"非创意"广告公司应聘，邂逅35岁的广告部组长尹欣然，在交往中，杜展鹏不知不觉爱上了尹欣然。可是，尹欣然是公司老总的"小三"，老总不放过尹欣然，尹欣然也不敢接受杜展鹏的爱，杜展鹏的妈妈也是极力阻挠的。想摆脱老总的尹欣然在一次逃避公司老总时把脚扭伤了，杜展鹏为了照顾尹欣然，两人几乎朝夕相处。后来，欣然的职位被助理取代，老总也被助理攀上。工作的失去、朋友的背叛让欣然痛苦万分，杜展鹏却用自己的真诚打动了尹欣然，两人慢慢相爱——这看似生活中不足为奇的现象，作者却"文似看山不喜平"，写得风生水起。小说情节处理得没有盘根错节，没有旁逸斜出，唯一的主干就是杜展鹏和尹欣然的一场爱情，有三两人物在他们的爱情之间腾挪跳跃，简单到不能再简单，但珠线错落的章节却又分外动人。这篇写职场爱情的小说，我读后的第一感觉便是这是一部长篇小说的素材，但作者却在简练的文字中不露声色地囊括了全部。小说为刻画人物运用大量的细节描写也恰到好处，行文不拖泥带水，情节迂回曲折却不露痕迹，足可看出作者创作小说的强势。现在社会上做小说的人好像有个通病：能短不短，越写越长，好像只有如此才显示自己卓尔不凡。比方，小说人物手上拿着一支烟，也会就烟的前因后果写上几百甚至上千字；如果小说人物手上拿了一本《易经》，又将《易经》的玄之又玄写上千余字或几千字，等等，整个一瞎扯！这样的小说有感染读者读下去的可能吗？李一丹的小说，在情节处理上恰到好处，比方：小说《亲，让我们在一起》，开始铺垫男女主人公认识，仅仅就是一句话："尹欣然开车赶着去见客户，路边一个男青年跳脚躲开她的车身，可是车轮已经碾着水坑溅了他一身泥水。"开门见山，形象贴切，没有前因后果的啰啰唆唆，直接用有限的笔墨暗示出小说人物出场及铺垫故事的发展，这是难能可贵的。

李一丹的小说，语言简洁、精美、明快，极富感染力。作者的语言是丰富的，同时又是直接的，不故意遮遮掩掩，呈现出一种直观的诱惑，直指人心。这是因为我们这个时代是个信息的、快节奏的时代。时代的节拍让我们快速写作，呈现时代特色的场景带动读者思考，而不是我们代替读者思考。比方：在小说《亲，让我们在一起》里，母亲万慧如和儿子杜展鹏的一段对话："那你赶紧回来，妈做好吃的犒劳你。""犒劳什么呀，不是说还要去舅舅公司报个到吗？""先别去了，你舅舅就是一个游牧人，不管好马劣马他照单全收，所以不到万不得已妈是不会让你送上门给你舅舅去饲养的。""妈，人家不知道的还以为您儿子出生在牲口之家呢？""你这不是揶揄你老娘吗，我啥时候把你当畜生养了……"再比方：也是母亲和儿子（儿子不去找工作待在家）的一段对话："妈，您这话说得太严重了，您就是给我吃了熊心豹子胆，我也不敢让您来孝敬您儿子我啊，我担心老天会早早收我折我寿命，我要活得比您长才能照顾好您的余生，让您享儿子的福啊。""拿钱来。""这是干嘛呀？""不是说要孝敬老娘吗？""妈，钱暂时没有。""滚出去。""妈，有您这么对儿子的吗？我不就是想在家里多陪陪您吗，儿子这片孝心您怎么就看不出来呢？"——我之所以摘取这么多小说中的语言，是因为，就一篇小说而言，我最欣赏和最在乎的就是语言的讲究。这些生活中的个性化语言，把母亲和儿子的性格特征刻画得惟妙惟肖，同时也为情节推进过程中人物形象在读者心中的定位打下了良好的基础。语言是文章的生命，无论小说、诗歌、散文还是其他文体的写作，语言上存在硬伤，其作品也一定好不到哪里去。那种千人一面的格式化语言，读者是不忍卒读的。

一丹年仅20多岁，她的小说有着坦率、真诚的特质，带有浓厚的"自我"色彩；既是对社会对生活的认真思考，又是自己内心真实世界的表达。从对事件、语言以及人物形象和客观环境的外在描写，实现了"内转向"。在她的笔下，小说中无论人或物都带有主观自我的烙印，透出一股浓郁都市情结和"小资格调"，这与她这个年龄张扬自我、表现个性的心态是一致的。她不喜欢刻意去反映外部的现实状态，而是更多地表现内心与外在世界的感受，人物描写的故意夸张与变形，代表了她这个年龄的真实性和时代的特殊性。

《把姐嫁出去》是一丹的第一本小说集。我相信，这无疑会铺垫她收获未来的高度，让我们衷心祝愿并拭目以待！

是为序。

2014 年 8 月 20 日

短笛无腔信口吹

詹国安先生诗文书法作品集《短笛》序

詹国安老先生嘱咐我为他的诗文书法作品集《短笛》作序，虽自知才疏学浅而诚惶诚恐，但又乐意为之，因为他是我熟悉和膜拜的长者，与其说是作序，还不如说是学生对老师说一番心里话吧。

詹老的诗文书法作品集《短笛》，精选了他近年来创作的一些代表性诗文与书法作品。诗文以旧体诗词为主，书法以篆、隶、行、楷为主，另外还包括文朋诗友的诗词唱和与翰墨留香。我以为，詹老无论是诗文还是书法，皆体现了对生活与人生的感悟，是一种发自内心的自然宣泄，是才情的积累和思想的积淀在一定高度时与时空对接所碰撞出来的火花。《短笛》所收录的作品，清晰、客观、精致地反映了他个人的艺术个性与创作走向。

詹老先生是一个靠知识与涵养支撑起人格魅力的人。虽已步入耄耋之年，但依然鹤发童颜、精神矍铄。是善良营养了他的内心，是追求强健了他的筋骨，是知识铺垫了他的高度。无论是少年和青年还是中年和老年，他都沉湎于艺术的理想王国。我常常惊叹：一个只上过三年小学的旧社会放牛伢子，在诗文和书法领域却获得如此成功要付出多少艰辛！其间的苦与甜、乐与悲非常人所能及。并且，他靠着在知识的旅途上下求索，在毫无"天线"的背景下，一步步从公社社管办主任、农经办主任、公安特派员走向乡党委书记的领导岗位又谈何容易！詹老在生活中从不以领导自居，和他交往丝毫看不出他的得意忘形或哗众取宠。不管你职位高低、贫穷富贵、年龄大小，他都同等待之。酒席间他与你称兄道弟；茶桌上他不耻下问；旅途里他能向你伸出提携之手——即便是孙子辈的人都可以和他成为忘年之交。他的平易近人和谦虚好学，在汉寿文化界潜移默化地影响一大批人，这正是他家中"谈笑有鸿儒，往来无白丁"的原因所在。詹老虽然文化水平起点低，但是求知欲迫切，一生不废学习。他自幼即喜爱诗文与书法，特别是参加工作后，一有时间就静下心来伏案诗文和书法，在书香中陶冶情操，在黑白分明的墨与纸里思考和观察人生，虽未正式拜师学艺，书本却是他最好的良师益友。当人们为红尘的功名利禄而苦苦追寻时，他却在自己的书斋中过着一种自娱自乐的悠闲生活，没有功名之情，没有利禄之心，有的是一种超然物外的淡定心境。攻诗文、研书法，成了他生活的必修课，如痴如醉，几十年如一日。退休后的晚年，他开了一家不足十平方米的"天工书屋"，或带几学生为其讲授书法，或为文朋诗友装裱字画，或戴一深度老花镜为人治印，或"老夫聊发少年狂"左手握一二两白干右手挥笔舞文弄墨。偶尔参加一些社会文化活动，或自己传道授业解惑，或听人传道授业解惑，气定神闲、与世无争、沉静通达、朴质温和，格外受到世人尊重。詹老不人云亦云，不装腔作势，不自命清高，不丢失原则，不迷失方向，坚守了作为人的"高级动物"最本真的属性，在当下文化生态存在失衡的情势下，他坚持着应有的自我定力，心恬淡于守节，意无为于持盈，是我等晚辈难以望其项背并将终身引以为楷模的好长者和好老师。

詹老先生的书法彰显传统功力而又不乏创新。汉寿书法界近年来取得了有目共睹的成绩，多人参加国展和省、市书法展且获奖，但也存在华而不实、好高骛远的现象。在我看来，书法，它是一个人综合素质与涵养的体现，是文化传承与发扬，这就要求书家在写好字的同时，必须加强"字外功"的修炼，否则算不上一个真正的书法家。詹老先生的书法作品得益于他的个人修为，那些经历、经验与才学，决定了其书法作品"神采为上，形质次之"，注重传统笔墨技巧，遵循传统创作理念并付诸实践。在结字上，虽古意却不缺时代美感；在笔法上，方圆并施，灵活多变；在内涵上，将中国书法史上的秦汉技理和魏晋书风运用于创作中，已然可见思想回归经典，取法趋于高古，充溢着厚积薄发的文化底蕴，作品生动飘逸而又舒展，字形稳健端庄而又笔墨流畅。浑厚而不臃肿，疏朗而不干瘪，具有艺术冲击力。正因为如此，他在书法创作上取得了丰硕的成果：先后被吸纳为湖南省老年书法家协会会员、湖南省直机关书法家协会会员、中国书画艺术研究院研究员。他的多幅书法、篆刻作品入编《中国老年书画家大辞典》，曾荣获中国教育学会"2005年艺术教育铜奖"、中国书法家协会"庆祝建国50周年'华夏之星'中国书画艺术交流大展赛老年赛区金奖"、"第四届'世纪之星'全国少年儿童美术书法摄影艺术教育成果展'艺术园丁（伯乐）奖'"等多个全国奖项。他的书法作品得到了华文东方艺术鉴定（北京）中心艺术品评委会颁发的润格证书，2008年，他被中国书画艺术研究院特聘为"签约艺术家"。

詹老先生的诗文坚守"诗言志"的创作理念并彰显"真、善、美"的艺术格调。文笔凝练、洁净，意境悠远、幽静，有强烈的构图感和浓郁的古典情怀，让人回味良久。无论是写诗还是填词，其作品言之有物，不花拳绣腿，不无病呻吟，真实地反映内心世界和社会现象。譬如词《江城子·国庆》："沧桑诗赋话今年，补农田，茨梁蕃。栉比楼台，坦道绕乡间。盛世和谐连海外，谋福祉，颂尧天。归心世博浦江边，望江山，坚如磬。寂寞嫦娥，笑对两飞船。山峡平湖堪击浪，齐奋进，写新篇。"这是一首洋溢着现实主义和浪漫主义的好作品。在国庆的日子里，人们大都感受的是节日的欢乐，很少在乎欢乐的来龙去脉。而在詹老眼睛里看见的是祖国的新变化以及这些新变化带给他的无边的遐想和思想的波澜。正是因为他见证了祖国从贫穷到繁荣的过程，才有"寂寞嫦娥，笑对两飞船。山峡平湖堪击浪，齐奋进，写新篇"的真实情感。整首词，贴近现实而又不拘泥于现实，充分表现了自己的思想空间和个人情怀，文笔清新，格调高雅，实乃佳作。另外，詹老先生的诗文有人间"烟火味"，从不"为赋新词强说愁"，有感而发、发而动人。他的诗文里，虽大都铿锵有力但也不乏温婉缠绵，深得晚唐遗韵。譬如诗《为亡妻扫墓》："又至花园祭故人，婚诗只向石碑吟。幽明已负三生约，寤寐难追一缕魂。卅载常非离雁事，双栖疑是结缡身。痴心未得还阳草，唯有年年积泪痕。"我品读完这首诗，感慨万千。一是因为诗文本身遣词造句的震撼力，在有限的几行诗中，把对亡妻的情感浓缩得如此缠绵悱恻，足见其腾挪词句的好腕力；二是因为诗文具备催人泪下的艺术氛围，诗文从小处"扫墓"着手，一层层铺垫情感，达到直抒胸臆的目的，写的虽是平常事，但触及了人的灵魂深处，显示了他在诗文中"控制局面"的不凡技艺；三是因为他的善良与真挚，一个耄耋老人竟深怀如此荡气回肠的情感，让我等晚辈汗颜。我原以为我才是当今忠孝两全的"情种"，殊不知詹老是"大情种"，我从内心里喜欢和崇拜这样的人！"石碑""三生""离雁""结缡身""还阳草""泪痕"在我眼里都是情感的载体，虽是"物质"但却"精神"，显示了詹老驾驭汉语言的能力，这样的例子在此就不一一枚举了。

关于旧体诗，闻一多先生在《诗的格律》中提出一个"戴着脚镣跳舞"的观点，他说"越有魄力的作家，越是要戴着脚镣跳舞才跳得痛快"，詹老确实就是这样的人。他选择和坚持创作古典诗文，一方面是这种文体的语言高度凝练、简约精粹，具有抒情性、含蓄性、精炼性、跳跃性等特点，能迅速聚集和调动自己的知识积累与生活经验，能准确表达自己的所见所闻、所思所想；另一方面，他的诗文能借助语序倒装、借代隐含、时空跳跃等手法，设置言外之意、弦外之音、景外之景、象外之象，给读者留下艺术想象和再创造的空间。纵观詹老先生的诗文，虽注重格律的形式，却又不拘泥形式的羁绊，经常能根据诗歌内容的需要，在平仄、韵脚、句式和句数上灵活运用，既有继承，又有创新。诗文构思奇特，短小清新，意境如画，看上去是兴之所至、信手拈来、随性而发，但仔细品味，就能发现他真是苦心孤诣，匠心独运，遣词造句十分讲究。譬如："文坛翰墨千秋颂，艺苑丹青百代垂"（《贺徐健二老米寿及钻石婚》）；"八方紫陌描新画，一点红梅报早春"（《春节》）；"翰墨挥洒龙凤舞，丹青妙绘紫云生"（《诗赠学书法学生》）等一些诗文中的句子，不但对仗工整，而且用词恰到好处且具画面感，有很强的艺术感染力。

"牧童归去横牛背，短笛无腔信口吹"——不陷功名利禄，坚守特立独行，这正是一个艺术家所应该具备的情怀和品质，詹老就是这样的人。值此《短笛》出版之际，我衷心祝愿他艺术之树常绿，生命之树常青！

是为序。

2015年10月12日

流淌哲思与灵性的沧浪之水

曾祥丰散文集《我也偷书》序

一条从《诗经》和《离骚》里蜿蜒流来的沧浪，闪烁着哲思与灵性的光辉，在湘西北一块沃土上稍作停留，便润泽出一个江南鱼米之乡——汉寿。这块人杰地灵的土地上盛产湘莲菱藕、冬鲢夏鲤，也盛产令世人难以望其项背的文化名人。历史上就有丁易东、易佩绅、黎学锦、易顺鼎、易君左、邹蕴真等诸多作家学者留下了名垂青史的佳作。一条生生不息的沧浪，让这片土地饱吸文化的水分，滋养了一代又一代不俗风骨的文化翘楚。

祥丰兄便是生于斯、长于斯喝着沧浪水成长的汉寿作家之一。

我认识他是在20多年前的一个夏天——汉寿县首届文学创作笔会。那年我16岁，有幸作为全县唯一的学生代表参加了此次盛会并在会上认识了他。从此，生活中我呼他为大哥，创作中呼他为老师。多年的忘年之交，我对他的印象是：温和、睿智、勤奋、执着和博学，以至于现在学生给老师作序还脸红和惶恐不已。

祥丰兄在科技部门工作，早年撰写了大量的学术论文在国家刊物和高校学报上发表并获得好评，某些学术成果还成了新的研究课题。由于工作性质使然，他总是跋山涉水、走村串巷获取论文创作第一手资料，养成了吃苦耐劳、注重调查研究的好习惯。这对于他日后进行文学创作提供了大量素材，也铺垫了他"文学来源于生活"的坚实基础。他的文章，无论何种题材和体裁，我是每篇必品。虽不能说每篇都是佳作，但正如品酒一样——无论酒好酒坏，我都能够品味出其中的人生滋味，感受到他在每一个作品中所包含的喜怒哀乐和苦辣酸甜。20世纪90年代末期，他出版了诗集《香湖丝雨》，开创了汉寿县个人公开出版诗集之先河，引发汉寿文坛百舸争流、佳作迭出的盛况。无论是他的诗还是文，都随性而写，随情而歌，不矫情，不雕饰，不故作高深，透出思想的深邃与泥土般的质朴深沉，这与他不修边幅、坦诚做人、不染浊流的人品一脉相承，让人品读之后有所思，有所悟，获得一种愉悦与沉淀。纵观他全部作品，其最大的优点是：生活化。尽管写的是日常生活中的人和事，读来却很有韵味。他的作品大都是暖色调的，似乎在有意淡化艰辛与苦难，对待生活的善意和爱心随处可感。特别是对亲情和友情的描写，着力展现美好的一面，是作者积极人生观的体现，譬如他的《我读兰坤》《心中的珍品》就是这方面最好的代表作。另外，他的作品感情真挚，不为物役，形式多样，活泼自然，毫无生僻典故的堆砌。不虚情假意，不忸怩作态，显示出人的稳重与文的成熟。在浮华一天后，翻翻他的书，能让人摒除世俗的喧嚣与尘埃，拥有一种宁静、恬然与唯美，起到修身养性的作用。

《我也偷书》是继论文集《信息揭密的金钥匙》，诗歌集《香湖丝雨》，外国文学名著改编本《名人传》《福尔摩斯探案选集》之后出版的散文自选集，囊括了从"文学发烧""文学康复"到"文学健美"所有过程里的散文精品，是他心路历程与情感轨迹的缩影，是他咀嚼了生活百草滋味后内心真实的反刍和对波澜人生的反哺。每一篇散文都有一种"原生态"的美，充溢着巍巍金牛山上带露蘑菇的芬芳，放射出九月沧浪两岸丰收橘园里的金黄，激荡着目平湖红鲤跃龙门的一瞥惊鸿，回响西竺山净照寺那震撼人心且富有禅意的钟声……语言生动、谋篇新颖、艺术感染力强。我读他的散文，一如故乡田畴里一线成熟的稻子——心情饱满却不由得谦虚低头。

《我也偷书》收录了153篇文章，分为读书篇、学术篇、亲情篇、纪游篇、悟理篇、奇异篇和其他篇。《读书篇》中能嗅出他作为一个读书人生存于社会间的欣喜与无奈，能感知出千百年来文化人固守的"书中自有黄金屋，书中自有颜如玉"的那份梦想与索求。他那份执着的憨相，那份知足的陶醉跃然纸上。《点石成金的创新思维》能让人获得成功的密码和人生的杠杆，曾在青少年中引起强烈反响，也正是他获得全市"学习之星"的殊荣所在。《天堂里必定有书城》以一种细腻的怀旧笔触，刻画了一个可尊可敬的恩师形象，讴歌了上一辈知识分子求知求真的痴迷与虔诚，让我从心底里对他们肃然起敬。《学术篇》载有8篇学术论文，以一个严谨学术工作者独有的视角，对文字、文学、历史、自然乃至宇宙等多方面作了科学论证与诠释，内容包罗万象，行笔信马由缰，且说理透辟，辩丽恣肆，既有很高的学术价值，又有很强的文学趣味。尤其是《屈原对形成沧浪流派的决定性影响》一文好评如潮，并刊登在2004年的《中华诗词年鉴》上，为"屈原故里汉寿说"提供了强有力的佐证。通过阅读这些学术篇什，可以窥视出他既是专家，又是杂家，彰显了一个读书人丰富的文化底蕴与严谨的治学态度。当然，在《我也偷书》这本书里，对于钟情于"缪斯女神"的我，尤感欣喜与推崇的当属以文学创作见长的"纯散文"——那些描写真实心灵的抒情文字和勾勒自然美景的游记文字。读这些篇章，让人心生善待生命、热爱人生、拥抱生活的柔情蜜意，让人感慨作为一名读书人、文化人，

心有明月
XIN YOU MINGYUE

虽"君子固穷"，其人生态度与内心世界是多么的积极与富有。《妈妈的童谣》《缘分》《春鸽寄语》是此篇什里的精品力作，使人悟得对生命的尊重与情感的膜拜，让在城市被钢筋水泥与栅栏阻隔的我获得了一片人性善美的春色，给浮躁的思想注入了一汪清凉与惬意。游记类的文字笔调老到，情感充沛，宛如一幅幅画卷挂在眼前。他的游记在描绘自然的同时，更多的是抒发对人生的理解与感慨，同时，看出了他驾驭语言的实力。《悟理篇》是一个"大杂烩"——一滴水、一根葱、一片云、一杯酒、一颗星、一盏灯都能让他浮想联翩。文章引经据典但不留痕迹；谈史论今却信手拈来。使得他的"悟理"文章变得十分生动，给人以愉悦和轻松。悟理即是明事，一个洞明世事、练达人情之人，才能够远离喧嚣、独守宁静、获取快乐与幸福的真谛——这一点，怕也只有真正的读书人才能够做到吧？《奇异篇》和《其他篇》中的文章，都是他孤独而清醒地观察与思索生活后所迸发出来的一个个小火花，是稍纵即逝的闪念和感触，是莫名的心痛与闲愁——那些我们想说却又无法说出的思想与情感。行文之简短，收笔之离奇，显示了作者思想的深度与语言的风趣和机智。

祥丰兄是一个勤奋与心静的人，不哗众取宠和好高骛远，做人如笔，心净如纸，深沉如墨。在这个物欲横流的世界里，他能够安于寂寞，心系一处，忘却身外事，乐做耕耘牛，眼里看的和心里想的是白纸黑字的分明世界。他的为人与为文总是源源不断地流淌出一种哲思与灵性，有如沧浪之水善于积蓄、不骄不躁、不满不溢、把握流向，以众多的作品证实自己的实力，以自己的德行征服文朋诗友——单凭这点，他永远有足够的资格做我的老师。总之，要在一篇简短的序言中完整评价他的人品与文章当属难事，如果非要班门弄斧说点不足之处，我以为，某些篇什有就事写事且叙述冗杂的毛病，缺少些让人回味的意境；有些细节运用还不够，弱化了文章的生动性；个别文章意蕴浅显，挖掘还有欠深度。

但是，祥丰兄正值创作的"壮年期"，他胸中储藏的那么多文学的"煤"正待他挥镐运镢开采出来后熊熊燃烧。坚信在不久的将来，他一定不负家乡父老和读者的厚望，创作出更多、更新、更美的作品！

是为序。

2009 年 8 月 8 日

文化立身　翰墨传情

《翰墨情·张昭喜书法作品集》序

　　张昭喜先生虽过花甲之年，但与之交往，一点也感觉不到"老人气"，其言谈、举止、内心、气质所焕发出的是扑面而来的青春活力与文化魅力。我不想用更多的笔墨来叙述张先生的成长经历，那些经历无论平坦还是泥泞，欢喜还是忧愁，对于一个从事艺术的人来说，都是一笔宝贵财富。他做过民办教师、公社放映员、乡文化专职干部、县图书馆馆长，靠自己的实力，从一个地地道道的农民，一步步从农村走进城里，无论在哪个工作岗位上都创造出了骄人的成绩，受到了人们的青睐和尊敬。

　　严格地说，我和张先生交往不是很多，但神交已久。交往不多的主要原因，一是我不善交往，二是他不善交往。喝酒、品茶、闲扯类的交往是需要时间作为代价的，而时间，对于一个从事艺术的人来说是何其宝贵！对于张先生，我只是在这个喧嚣的社会里，带着几分崇拜默默地关注与欣赏，认真地学习与揣摩，只要有机会就找来他的书法作品学习与研究，常常不知不觉沉醉于他的翰墨世界。

张先生自幼酷爱书法，临池不辍，笔耕不止，主要以研习欧楷为主，兼习其他。他在书法上是下过很大工夫的：每天坚持书写二百个欧楷，并且数十年如一日。二百个楷书，算起来每天大概需要三个多小时吧，其毅力与劳累程度可想而知，非常人可持之以恒！稍有书法常识的人都知道，欧楷"如高峰之坠石、如长空之新月、如千里之阵云、如万岁之枯藤、如劲松之倒折、如落挂之石崖、如万钧之弩发、如利剑断犀角、如一波之过笔"——其法度严谨，笔力险峻，世无所匹，居欧、颜、柳、赵之首。张先生选择研习欧楷与他刚正不阿、我行我素的性情分不开，他是我县当今书法界名副其实的欧楷继承者和探索者。古人说，"工楷无欺"——它需要的是书家更深的用笔功力与个人操守，不是那种常以"大师"自居动辄毫无法度地满纸龙飞凤舞者可以相提并论的。

张先生的书法注重传统，持之以恒固守自己的精神家园。让我奇怪和感动的是：他善书法且功底不凡却"不足为外人道也"，甚至他和书法界交往也不是太多，也没有加入多如牛毛的艺术协会，更不像有的人不学无术却打肿脸充胖子在文化圈里瞎混。张先生偏安一隅，心无旁骛，默默无闻地在翰墨世界里陶冶和提升自己，让自己少了一份庸俗气，多了一份书卷气；少了一些铜臭气，多了一份烟火气，是生活中实实在在的凡人，是朋友里货真价实的师长。

纵观张先生的书法，以欧阳询为宗，兼临当今田英章等欧楷名家墨迹。书体涉篆、隶、行、楷诸体，可写斗大榜书，亦能蝇头小楷。其行书纵横而不意乱，洒脱而不放纵，气势流畅，遒劲有力；他的楷书端庄、雅洁、舒展、清峻、秀逸、雄浑，显示出汉字的方正美与韵律美，这与时下有些人不读书、不临帖，以丑为美、以怪为美形成鲜明的对比。他的书法给我的整体感觉是，其一用笔丰富，其二用墨讲究，其三结字活泼，其四心性表达更加自由。作品积极传递正能量，很注重书写内容，所写的格言、警句、古训、诗词，都能给人以启迪和教益，在欣赏他书法作品的同时，又得到了文化素养的熏陶。

张先生书法路子正、气息好、底蕴足，沉潜于写心、写神、写自我，在感悟、积累中提升人文修养。书法所追求的正是心灵烛照与时代精神的交融契合，完全摒弃笔墨游戏的玩弄或将书法视为竞技而一味关注书艺的表面形式获得社会浮名的弊病，这一点，他是清醒和明智的。结集在这里的"偏旁""单字""作品"等，是他十几年来书学研究的结晶，沉甸甸地显现出他在依托艺术创作逐步走向理性思辨，在书法文化的天地里探源寻流，辨优析劣，自成体系，颇具学术价值与社会意义。唐代张怀瓘《书议》中说："夫翰墨及文章至妙者，皆有深意以见其志，览之则了然"——张先生始终保持着对中国传统人文经典的虔诚之心，深深扎根于传统并汲取营养。同时，对时代的感恩与对人生的感悟，为他在时代特质与艺术素养的提纯与锻造上，赢得了完整的自我。

"读书真事业，磨墨静工夫。"张先生恪守雅正与清流，他的作品以自然、平和、简静为风格主旨。以静为质，以灵为用。对刚与柔、方与圆、曲与直、疾与涩等艺术本体处理自如，一股清蔚逸宕之气扑面而来。承传统于字里行间，出新意于法度之外；有松柏古朴之风，梅竹灵秀之韵。看似平和舒朗之笔墨，却得自然意趣之美蕴，痛痛快快、无遮无拦地抒写翰墨意蕴与内心世界。

老子曾有"致虚极，守静笃"的箴言，这种"虚静为体"的艺术心灵，体现了人类"独与天地精神往来"的超越性，在有限的世界里呈现出无限的生机。张先生正沿此正脉潜修推进，实为难能可贵！世间最朴素的是人性中的本真，生命与艺术的融通并非仅依赖于技巧，而是更着重于根植生活的心态与理想的追寻。相信张先生能够朝着自己的方向，心静如月，见素抱朴，一步一个脚印去迎接心中艺术的美好明天！

是为序。

2015 年 12 月 18 日

胡思乱想

曾宪红诗集《春天的信笺》跋

A

这本薄薄的诗集，是这些年来，我发表的与没发表的诗歌总集，不管朋友们喜欢与否，我是喜欢的。想想，你能说不爱自己"创造"的孩子吗？这些诗歌，是我钟情缪斯女神并与之结合的产物；是我在人生长河里能感知的那些寂寞与热闹、欢乐与痛苦、悲伤与喜悦；是我关于现实的、幻想的，过去的、未来的众多欲语还休的内心语言；是我前行的脚步里一团无法扑灭的火焰和一幕照耀我灵魂的星空；是我个人爱好、气质、性格、态度的模板；是我那些飘洒阳光和风雨的日子里常拭常新的留声机以及爱意泛滥的月光里一场场不加修饰的黑白电影。这些诗歌，长则与朋友秉烛夜谈，短则予朋友一声叮咛；是父亲工作过的古城小街，是母亲垒起的洗衣的石桥。我爱它们，深信不疑。

B

我是一个懒人，至少，不算是一个勤奋和刻苦的人。有时一年半载写不出片言只语，我都忙了些什么呀！可是，无论懒与勤，我都是一个快乐和幸福的人。投入到生活的怀抱，享受世间的温暖，这对于我才是最最重要的。准确地说，我不是创作诗歌，而是记录生活的赠予，是生活逼着我写诗歌的。生活里那么多的悲与喜、苦与乐、爱与恨，时光一般堆积，不释放、不宣泄，你背得起吗？那么多的美人、美物和美事，你能够无动于衷不春情勃发来几句"呦呦鹿鸣"吗？那么多诗情画意的火花在照耀你、温暖你、催促你，都快把你燃烧了、熔化了，你还能袖手旁观不张嘴歌唱吗？一个眼神、一抹色彩、一串音符、一幕场景，都有足够的理由让我去钟情它、幻想它、怀念它、勾勒它；时光的日历翻过留痕——邂逅了、错过了、记取了那么多人，内心里满是真实与美好的倩影，将之真实地记录下来——这，就成了我的诗歌。生活与生命是美丽的，如少女脸上不加修饰的红晕——我不想让晦涩和黯然的文字阻挠了美的原始风貌的呈现，所以，我不愿意在创作技法上太动心思。真挚地记录，自然地宣泄，与生活同悲喜、共患难，做生活的爱人——这，就是我的写作观。

C

有人问：怎样才算诗人，怎么写才算好诗歌？我抱以羞愧地一笑，开玩笑地回答：动手写诗的人就应该叫作诗人吧。因为，我自知离诗人标准还相去甚远，我只是一个在常德优秀诗人带领下，想跃跃欲试进入诗歌江河的懵懂者，是这些优秀的诗人们对我无微不至地关怀与教诲才有了我走向河边的勇气，才让我感受到了诗歌之河那么幽深、美丽、诱惑与震撼人心。在此，一并向他们致谢和致敬。如果非要谈点关于诗人与诗歌的认识，窃以为，诗人首先必须有真知灼见的思考，然后才有流于笔端的快乐；应包容众生万物，体恤人间冷暖，头应该是向下俯视的，心灵应该是向上开放的。诗人之笔应如锋利的宝剑，能够穿刺生活中的虚伪、丑恶和肮脏；情感应该是浓烈、饱和与炽热的，能够以积极的态度，拥抱美好的世界，就如泰戈尔所言"我心绪不宁，我渴望着遥远的事物"。诗歌，必须是先感动自己，然后才能够感动他人；应该是人类灵魂最本质的坦露、生活最本质的关照、精神最本质的描写。若把诗歌比作孩子，爱，才是写诗歌的理由；若把诗歌比作小溪，流淌，才是诗歌的本身。我最反感玩弄文字、矫揉造作、"为赋新辞强说愁"的做法，毫无情感可言，连自己也不知道在说什么——这是极为无聊的事情。

D

写诗是寂寞的、困苦的，但心灵却是富有的、广阔的。在日渐浮华和喧嚣的时代，我感觉自己还能够独善其身、坚守内心美好的伊甸园，这于我是莫大的欢喜与自豪。我总是想，既然写诗，就应该有一种责任感和使命感，正如艾略特所说"诗是生命的最高点"——写诗之人作为灵魂的操守者，没有理由不选择忠实于生活又高于生活的一种对社会、时代、人生、信仰等不可推卸的责任和使命，将人类的幸福、陶醉、美好，忧愁、痛苦、悲悯等用诗的聚光镜凸显，使之放射出永恒的、璀璨的人性光辉。这种责任和使命当有一种追求终极真理的情怀，并且，应该建立在自身心灵世界毫无掩饰的不断发现、不断审视、不断超越的基础之上，而不是虚假地发泄、无聊地呻吟。一切的装腔作势、麻木不仁，只能让诗歌自取灭亡。

E

　　我有时觉得自己是一个神经不大正常的人，常会无端地感动和感慨，常会莫名地快乐发笑或悲伤流泪，说不清缘由。有时，我觉得自己就是宇宙，它要无端地阳光和阴霾。我也是上帝派下来偷懒和享福的人，诗歌创作上遵守"计划生育"原则，我不能在无激情的情况下胡搅蛮缠孕育"孩子"。我这样说不是认为自己的诗歌很"漂亮"，而是说它们都是健康和健全的。我写下的诗歌数量不多，我习惯于把大把的光阴用在抚摩我的"孩子"，用在看地上的蚂蚁搬家和天空云彩的纠缠，用在研究夜色降临是否有一个等了整个白天的拉幕人，用在考察一枚叶子落下时和一朵花开谢时在说些什么，用在幻想笋子拔节或者稻穗灌浆时是否有快乐和激动的容颜；我还习惯于把大把的光阴用在发现某一个熟人最新长出的半截白发，用在目光所及的终点看见飘起的衣袂幻想她有无快乐或忧伤……是这些人啊这些物啊在我的脑海里膨胀，在我的内心里滋长，山一样压着，水一样围着，成了我创作的清泉和成长的营养——这就是我还能够诞生一些诗歌的原因所在，也是我出版诗集的理由。

F

　　我孤独，因为我清醒；我不孤单，因为怀抱万物。我有如青草般繁多的爱让我怀抱、让我咀嚼；我有如浩瀚星辰般的朋友将我照耀，让我仰望。夫复何求！

　　注：诗集《春天的信笺》于2012年由中国文联出版社出版。

2011年10月28日

后记

我十六岁读高二，那年，有幸认识了从汉寿本土走出去的作家杨远新老师，在他的关怀和提携下走上了文学创作道路，于同年发表短篇小说《冤家》《招兵》引起全县轰动，并且，当年以唯一学生代表身份跻身于"汉寿文坛十八棵青松"阵营。在那个物资相对贫乏精神却极其富有的年代，社会上好像只崇拜两种人：一是解放军，一是作家。从我少年时代做作家梦开始，整天生活在憧憬里，可谓"春风得意马蹄疾"。常常忙里偷闲用笔抒写自己的内心世界，描画生我养我的一方热土，构建梦里美好的精神家园。后来因为生计和其他原因，辍笔十余年。这十多年间虽只字未写，但一直保持着每天阅读五千字的良好习惯。虽然书籍没带给我"黄金屋"和"颜如玉"，倒也乐在其中，算是没负青春年华吧。

20世纪90年代初，我开始写一些散文类的文字，与其说是散文，还不如说是日常生活中的所见所闻所想的笨拙记录，根本谈不上文学意义的范畴。90年代后期，我极度喜爱贾平凹老师的作品尤其是散文作品，诚惶诚恐地带着一些散文习作去西安拜见先生，先生用很浓的陕西西凤话告诫我：年轻人是该有美好的追求，你的语言好，若是喜欢散文，就在散文方面多下功夫，不要急于求成，循序渐进终有收获。因此，这一路走来，由于有前辈的鼓励，朋友的支持，父母的鞭策，加之我个人生性"不以物喜不以己悲"，不管行走社会如何艰难，但文学情结一直深藏于心，特别是人到中年，就更加觉得文学于我是不可或缺的良师益友，喜欢文学，是多么珍贵和高雅的事情。

现呈现于读者面前的《心有明月》这本薄薄的集子，即是近些年来发表于各类报纸杂志的部分散文作品。需要说明的是，我有意删掉了一些近年来自认为写得好些的作品和增加了一些前期的稚嫩文字，缘由是想以此重温生活的轨迹和记取沿途的时光——就如同一本影集，你不可能专挑漂亮的相片而丢掉缺齿的相片吧？

其实，文学除开那些宽泛意义不说，在我看来，它就是生活的记录，美梦的收藏，色彩的聚集——就是自己想法子让自己寻欢作乐并聊以自慰。

2016年春于汉寿